BRIGITTE LUBER

AMORS KIRSCHKERN

EINE KLEINE LIEBESGESCHICHTE

Sean

Ich knabbere immer noch daran. Es hat mich ganz schön getroffen. In jeder Hinsicht. Vorher habe ich nie groß über mich nachgedacht. Die Welt war, wie sie war, die Menschen wie sie nun mal sind, es gab oben und unten, falsch und richtig.

Meine Freunde heirateten: eine Frau, ein Haus, Kinder, einen Hund. Sehr viel angebundener geht es nicht. Ich war nie ein Jäger, eher ein Gejagter und je bekannter ich wurde, umso mehr habe ich mir das Image des grimmigen Frauenverächters zugelegt. Ich habe mich nie einfangen lassen und war immer stolz darauf, nur mein eigenes Ding zu machen. Versuche ich immer noch, aber irgendwie funktioniert es nicht mehr so gut wie früher. Da war ich gerne allein, draußen im Wald, beim Klettern oder wochenlang im Boot, war stolz darauf und brüstete mich damit: keine Hypothek, keine Ehefrau, nur meine Freiheit.

Heute sehe ich Ricarda überall und wünsche mir, sie wäre bei mir. Würde neben mir sitzen und ich könnte ihre Öfchenwärme spüren, die sie ganz bestimmt ausstrahlen würde. Dabei kenne ich nicht einmal ihren Nachnamen, habe keine Nummer, unter der ich sie erreichen kann.

Ich war nie ein Mann der Konjunktive, keiner, der sich mit Würde, Sollte, Könnte durchs Leben jongliert. Für mich war klar: Okay, das mache ich, das probiere ich aus und da bin ich lieber vorsichtig. Das Neue hat mich immer inspiriert, ich mag Spannung, ich mag Abenteuer, die mit einem gewissen Risiko behaftet sind.

Frauen. Wie habe ich immer gesagt? Sie schnattern, lachen, kichern, wollen Kinder mit dir bekommen, manche wollen ein wenig von dem Ruhm, von der Bekanntheit, wollen sich mit dir schmücken und dann sitzt du in der Falle. Das war seit dem Desaster mit Veronica meine feste Überzeugung. Wenn ich danach mit einer Frau zusammen war, habe ich gleich gesagt, he, ich bin ein einsamer Wolf und will auch nichts anderes sein, um dann das ganze Blabla abzulassen, das Männer wie ich von sich geben. Wenn die Frauen merken, wie wenig ich zum Ernährer und Vater ihrer Kinder tauge, dann ist der Ofen ohnehin meistens aus.

Ich bin jetzt Anfang fünfzig, meine Haare sind ausgegangen und ich trage entweder Hüte oder Mützen, um die lächerlichen Reste meiner einstigen Haarpracht zu verbergen, und dann finde ich mich immer noch attraktiv und mach´ den Clown, wenn es sein muss. Entweder grimmig oder Clown, damit hält man sich die Frauen vom Leib. Sie sind mir nachgerannt, haben sich um mich bemüht, ihre Netze ausgeworfen. Machen sie heute noch. Ich kenne meine Eitelkeit. Da mache ich mir nichts vor. Es hat mir immer geschmeichelt. Auch wenn ich raubeinig tat, so habe ich danach gegiert, die Bewunderung in den Augen der Frauen zu sehen. Das brachte meine wachsende Bekanntheit als Schauspieler mit sich. Frauen, die sich für mich interessierten, nahmen nicht mich wahr, sondern die Rollen, die ich spielte. Für sie war ich nichts weiter als eine nackte Leinwand, auf die sie ihre Wünsche und Sehnsüchte warfen.

Sobald sie bemerkten, wie ich in Wirklichkeit bin, war die Enttäuschung groß.

Image, ich hatte mir ein bestimmtes Image zugelegt und irgendwann war ich davon überzeugt, so zu sein: Der freie, unzähmbare Wolf, wasserdicht, trinkfest und beziehungsresistent.

Ricarda hat mich eines Besseren belehrt, meine schöne Welt mit einem Blick aus den Angeln gehoben. Das brennt noch immer wie die Hölle.

Schaue ich zurück auf unsere erste Begegnung, dann ist das wie ein Film, den ich jederzeit stoppen kann, um mir einzelne Bilder genau anzusehen.

Es war im vergangenen Sommer, als die Dreharbeiten für „Kleine Berge" vorbei waren. Erschöpft und urlaubsreif sind die richtigen Worte für meinen damaligen Zustand. Interessante Angebote waren noch nicht eingetrudelt, aber meine Agentin hatte mir zumindest die Teilnahme an einem Historienschinken in Aussicht gestellt. Das Casting sollte im August sein und ich konnte mir endlich Freizeit und Nichtstun leisten. Deswegen nahm ich die Einladung von Hannes an, der für sechs Wochen in die USA fliegen wollte, um bei seiner Exfrau und den Kindern zu sein. Er hat ein kleines Haus in der fränkischen Pampa und meinte, die Gegend ist für jemanden wie dich genau richtig, um die Batterien wieder aufzuladen. Du siehst echt beschissen aus. In der Nähe gibt es interessante Möglichkeiten zum Klettern und in der tiefsten Provinz kennt dich sowieso niemand. Abgesehen davon sind die Menschen dort mehr als zurückhaltend. Du wirst dich bestimmt wohlfühlen.

Das Boot hatte ich verkaufen müssen. Die „Aldebaran", mein Zuhause, meinen Zufluchtsort.

In die kleine Wohnung in London wollte ich nicht, sie ist nichts weiter als eine Abstellkammer mit Übernachtungsmöglichkeit, aber eine lohnende Investition. Also zu Hannes. Ja, es ist wirklich schön, dieses kleine Haus mit der Obstbaumwiese. So, wie ich es mag. Viel Natur und außer dem Zwitschern der Schwalben nur das Knattern der Trecker und das Gackern von Hühnern.

Ich hatte mir eine lange Wanderung vorgenommen und war früh um halb fünf losgezogen, wollte erst wieder am nächsten Abend zurücksein. Einfach losgehen und sehen, wo man rauskommt. Nichts planen, alles auf sich zukommen lassen. In den frühen Morgen hinein, laufen, Schritt für Schritt, atmen, die Kühle spüren, die so stark ist, dass sie Gänsehaut macht, die ersten Strahlen der Sonne im Gesicht und niemand weit und breit. Das ist meine Methode, den Wahnsinnsstress der Drehtage hinter mir zu lassen.

Es muss so gegen sechs Uhr gewesen sein. Ich hatte auf einer Anhöhe gesessen, die Bank wirkte einladend, und mir die Gegend angesehen, einen Moment lang die Augen geschlossen und war nun bereit für die nächste Etappe. Der breite Weg führte auf der Höhe entlang, wurde links von endlosen Kirschbaumreihen gesäumt, deren Äste sich von der Last der reifen Kirschen bogen und zum Klauen einluden, während er rechterhand von Brombeerbüschen und mannshohen Haselsträuchern begleitet wurde.

Vor mir lag ein Wald und dort machte der Weg eine Biegung nach rechts, die aber von den Büschen verdeckt wurde. Aus dem rechten Augenwinkel sehe ich unreife, kleine Brombeeren, den schmalen Stamm einer Birke und höre irgendwo den heiseren Schrei eines Bussards. Die Kappen meiner Wanderschuhe sind abgestoßen.

Lasse ich den Film weiterlaufen, taucht plötzlich am rechten Bildrand ein großer schwarzer Köter aus dem Nichts auf, sieht mich, bleibt stehen. Ein leiser Pfiff, der Hund macht kehrt und verschwindet wieder. Kurz darauf taucht der dazugehörige Mensch auf, und der Mensch ist eine Frau, die nun mit dem Hund an ihrer Seite auf mich zukommt. Sie sieht mich, zeigt dem Hund erst den ausgestreckten Zeigefinger, klappt die anderen Finger hoch, und das Riesenvieh sitzt da wie angenagelt und rührt sich nicht. Ich bin vielleicht zwei Meter von ihr entfernt, sehe nur ihre unaufgeregten Handzeichen und den Hund, der ihren wortlosen Kommandos sofort folgt. Mein Blick wandert an ihr hoch: schmutzige Wanderschuhe, eine uralte Jeans, ein weißes, ärmelloses Hemdchen mit blauroten Flecken. Eine Waldgöttin? Der Gedanke schießt mir durch den Kopf. Schließlich sehe ich braune Augen mit einem leicht ironischen Lächeln in den Fältchen der Augenwinkel, Arglosigkeit und ganz tief drinnen eine unbestimmte Traurigkeit. Ich kann nicht anders, als in ihre Augen zu sehen, forschend und mit dieser schrecklichen Angst, sie könne mich erkennen. Aber da ist nicht einmal der Schimmer der Frage, woher kenne ich diesen Typen? Er kommt mir so bekannt vor. Ach, das ist doch… Ich bekomme kein Wort heraus, nicht einmal ein freundlich-unverbindliches Nicken. Ich kann sie nur anstarren.

Dann ihre Stimme. Kommt wie ein Schock. Tief, warm, mit Humor. Nur dieses eine Wort: Fertig?

Sie geht auf mich zu, nimmt meine linke Hand und lässt aus ihrer Linken riesige tiefrote Herzkirschen hineinrollen, tippt sich mit zwei Fingern grüßend an den Rand eines imaginären Hutes und fordert den Hund, der immer noch bewegungslos auf seinem Hintern sitzt, mit einer scheuchenden Handbewegung zum Gehen auf.

Völlig belämmert schaue ich ihr nach. Mein Gott, wie peinlich war das denn? Ich bin es doch, der immer angestarrt wird, ich bin es, der nicht ironisch, sondern sarkastisch fragt: Na, fertig? Ich bin es, der dann achselzuckend seiner Wege geht, angewidert von dem unverhohlenen angestarrt Werden, von diesen schamlos taxierenden Blicken. Ich schaue ihr nach, auf die Kirschen in meiner Hand und wieder zu ihr. Sie geht einfach mit ihrem Hund weiter, dreht sich nicht einmal nach mir um. Kein einziges Mal.

Benommen stolpere ich weiter. Nach einigen Schritten bemerke ich, wie heiterer Ärger in mir aufsteigt. Will ich das wirklich auf mir sitzen lassen? Dieses Fertig?

Ich drehe um und stapfe entschlossen den Weg zur Anhöhe wieder hinauf, passiere die vertrackte Biegung und schaue ihr dabei zu, wie sie, ein ganzes Stück von mir entfernt, hemmungslos Kirschen klaut und isst. Sie muss sich unbeobachtet fühlen, denn sie übt Kerne spucken und macht das ziemlich gut. Zum Glück hat sie keine Ahnung, dass ich der weltbeste Kirschkernspucker bin. Selbst dran schuld, wenn sie mich mit Munition versorgt hat. Ich kaue blitzschnell das Fruchtfleisch von einer der Kirschen in meiner linken Hand, hole tief Luft, der Kirschkern in meinem Mund verwandelt sich in ein Geschoss, das sie am nackten Oberarm trifft.

Verblüfft dreht sie sich um, erkennt sofort den Ernst der Lage und spuckt zurück. Sie reagiert deutlich schneller, als ich erwartet habe. Ich bin immer noch von meinem Treffer beeindruckt, als mich ihr Kern an der Wange trifft. Es kommt zu einem harten Duell, das sie leider gewinnt, denn sie kann sich mit immer neuen Kirschen versorgen, während der Vorrat in meiner Hand schnell dahinschmilzt und ich unter dem Hagel der Kerne nicht dazu komme, unter einen Baum zu flüchten. Ich hebe beide Hände, um mich zu ergeben, und dann bricht gleichzeitig das Lachen aus uns heraus. Wir lachen, dass wir uns die Bäuche halten müssen, und ihr Lachen ist unglaublich ansteckend. Ich weiß nicht, wann ich das letzte Mal so gelacht habe. Die Tränen laufen mir über die unrasierten Wangen, der Bauch tut mir weh, und auch wenn wir scharf geschossen haben und die Erde von unseren Lachsalven zu beben scheint, es ist kein Krieg im Gange. Weiß Gott, kein Krieg, keine Verteidigungslinien, keine Schützengräben, nur dieses Lachen, das abebbt und wieder anschwillt, bis es langsam versickert.

Wie zwei erschöpfte Kinder und nach Luft japsend sinken wir nebeneinander auf die Bank. Sie wischt sich die Lachtränen aus dem Gesicht, streichelt dem ratlos dreinblickenden Hund über den Kopf, seufzt tief und sagt: Ach herrje, war das schön.

Wendet sich mir zu, hält sich sehr aufrecht, ihre schmalen Schultern, die plötzlich in mir den bisher unbekannten Wunsch auslösen, meinen Arm um sie zu legen. Der bläuliche Kirschenfleck auf ihrer rechten Brust, die Silberkette um ihren Hals. Sie blickt zu mir auf, und erst jetzt bemerke ich, wie klein sie ist und wie groß ich bin. Gerade eben hatte ich noch das Gefühl, wir wären zwei gleichaltrige Kinder und jetzt ist da ihr Blick, von unten nach oben und sie schaut, sie schaut mich nur an. Kein Wort, das die plötzliche Spannung zwischen uns lösen könnte.

Es ist auch nicht mehr lustig, es ist bitterer Ernst, es geht um uns beide, denn sie lotet mich aus. Sie versenkt ihre Augen in den meinen und dringt bis dorthin durch, wohin ich selbst nur ungern blicke. Jetzt ist kein Rückzug mehr möglich, sie hat mich buchstäblich durchschaut. Sie sieht meine heimlichen Ängste, meine unzähmbare Eitelkeit, meine Unsicherheiten und meine Taktiken, und sie sagt mir mit ihren Augen, ich werde nicht auf dich hereinfallen, ich werde mich nie um dich bemühen, werde dich weiterziehen lassen ohne zu fragen. Der heftige Schmerz in meiner Brust überfällt mich urplötzlich. Ich presse unwillkürlich die Hand auf das Herz, um mich vor diesem Stich zu schützen. Das tut so weh.

Ich will, dass sie sagt: Bleib. Geh mit mir. Sei mein.

Ich will alles von ihr hören, was ich jetzt zu ihr sagen möchte. Sie soll es aussprechen müssen, nicht ich.

Sie hebt die Hand, zeichnet mit dem Finger die Kontur meiner Lippen nach, lächelt, und schon küsst sie mich, während der Hund uns aufmerksam umkreist.

Nein, ich lüge nicht. Wir haben uns wirklich geküsst. Ich habe in meinem Leben schon reichlich Frauen geküsst, aber so noch nicht. Ich meine, keiner meiner bisherigen Küsse hat so lange gedauert, war so schön und verlangte so sehr nach sofortiger Wiederholung. Und noch einer Wiederholung und noch einer. Ich erinnere mich nicht mehr daran, was meine Hände taten, aber sie können nicht untätig geblieben sein, denn in meinen Fingerspitzen spüre ich heute noch diese seidenweiche Haut, den Bogen ihrer Rippen, die Zartheit ihres in einem BH eingesperrten Busens, wenn ich an die wilde Küsserei denke. Auf diesem Feldweg, auf dieser Höhe, wusste ich mit absoluter Gewissheit: Das ist die Frau, mit der ich leben will, das ist die Frau, die ich nie wieder loslassen möchte, die Frau, die ich heiraten muss, für die ich alles geben würde, von der ich mein Leben lang geträumt habe. Die Frau, die mich so sehen kann, wie ich bin und die es nicht nötig hat, etwas in mich hineinzulegen.

Sehe ich mir den Film weiter an, sitzen wir in der nächsten Szene noch immer zusammen auf der Bank. Ich habe den Arm tatsächlich um ihre Schultern gelegt. Sie seufzt zufrieden, und Friede ist der richtige Ausdruck für unseren Zustand. Nicht befriedigt, immerhin haben wir nicht miteinander geschlafen, sondern nur geknutscht und gefummelt wie die Teenager. Zufrieden sitzen wir auf der Bank, völlig entspannt. Ein altes Ehepaar, das sich wortlos miteinander verständigt. Ich weiß immer noch nicht, wie sie heißt, mit wem ich es da zu tun habe. Vielleicht, so denke ich mir, träume ich das Ganze nur und wache gleich auf. Es ist doch nicht normal, dass ausgerechnet mir so etwas passiert. Immerhin weiß ich schon einiges von ihr. Sie ist nicht stumm, sie hat einen folgsamen Hund, sie ist verdammt gut im Kirschkernspucken und ihr Duft macht mich verrückt. Sie ist aus Seide gemacht. Ihre Haut, ihr Haar kühl und weich wie Seide und sie ist eine perfekte Küsserin.

Fast habe ich ein schlechtes Gewissen, weil ich dieses einträchtige Schweigen zerstöre und sie frage, wie sie heißt. Ricarda. Ricarda.

Ich heiße Sean, nach meinem schottischen Großvater. Sean McLoud, kommt es vorsichtig von mir. Mit einem Blick prüfe ich, ob ihr der Name etwas sagt, und schaue sie erwartungsvoll an. Nein, noch immer nichts. Das gibt es doch nicht. Immerhin bin ich so unbekannt nun auch wieder nicht. Der Name muss ihr doch wenigstens etwas sagen, wenn sie mein Gesicht schon nicht kennt. Ihr Blick ist unverstellt, nein, sie hat wirklich keine Ahnung, wer ich bin. Meine Erleichterung ist riesig.

Das gibt mir den Mut zu fragen: Und, was machen wir jetzt?

Leider schwingt in meiner Stimme der Unterton eines verwöhnten Kindes, dem langweilig geworden ist.

Sie zuckt gleichmütig mit den Schultern, was sollen wir schon machen, schaut mir geradewegs in die Augen und zitiert ein Gedicht von Longfellow:

Ships that pass in the night
And speak one another in passing
Only a signal shown
And a distant voice in the darkness –

Thus on the ocean of life
We pass – and speak one another
Only a voice and a look –
Then darkness again and a silence.

Sie macht zum Glück keinerlei Anstalten zu gehen. Ich versuche, ihr zu erklären, dass es mir unmöglich ist, meinen Weg allein fortzusetzen, entweder kommt sie mit mir oder ich werde mich an ihre Fersen heften. Ich bin panisch entschlossen, sie nicht einfach gehen zu lassen und ich klinge wohl eine Spur zu heftig, so sehr habe ich meine Fassung verloren.

Ich, in der Rolle eines verzweifelten Stalkers? Wirklich, ich hatte wahnsinnige Angst. Angst, sie könne aufstehen, einfach sagen, das war´s, ihren Hund nehmen und gehen. Mich kommentarlos verlassen, nachdem wir zusammen gelacht haben, nachdem wir uns so geküsst haben. Ich muss sie irgendwie dazu bekommen, bei mir zu bleiben. Ich will wissen, wer sie ist, wie sie denkt, was sie macht, was sie liebt und mag, was sie verabscheut, wovon sie träumt. Ich habe keine Ahnung, welche Worte es braucht, um sie zu halten, und so ziehe ich sie zu mir, umschlinge sie mit meinen Armen und flüstere ihr ein Gedicht von Hebbel ins Ohr:

Wir träumten voneinander
Und sind davon erwacht
Wir leben um uns zu lieben,
Und sinken zurück in die Nacht
Du tratst aus meinem Traume,

Aus deinem trat ich hervor,
Wir sterben, wenn sich eines
Im andern ganz verlor.

Instinktiv habe ich den richtigen Ton getroffen, denn sie macht sich frei und zitiert lächelnd die dritte Strophe:

Auf einer Lilie zittern
Zwei Tropfen rein und rund,
Zerfließen ins Eins und rollen
Hinab in des Kelches Grund.

Wieder dieses leicht ironische Lächeln in ihren Augen, als sie sagt, Bingo! Gedichten kann ich nicht widerstehen. Habe ich es etwa mit einem Rattenfänger zu tun?

Jetzt bin ich im Vorteil und sage, mit einer Flöte kann ich nicht dienen, aber damit. Ziehe meine Mundharmonika aus der Tasche und spiele ihr all die schottischen Weisen, die mir Grandma beigebracht hat. Pure Magie ist das, denn Ricarda hört mir zu, lehnt sich an mich, schließt die Augen. Sie ist nicht mehr auf dem Sprung weg von mir. Auch der Hund legt sich wieder zu unseren Füßen nieder.

In mein inbrünstiges Spiel hinein sagt sie abrupt: Ich habe Hunger.

Sie hat Hunger! Was soll das denn? Da markiere ich den Orpheus und sie hat prosaischen Hunger. Juhu, es ist eine Einladung zum Frühstück. Sie macht eine Woche Urlaub bei ihrer Schwester, unten in dem kleinen Dorf, und wenn ich mag, kann ich mitkommen und wir frühstücken alle zusammen. Besser als nichts, denke ich und stimme freudig zu. Eine Galgenfrist, ein Fuß in der Tür, eine minimale Chance. Wie blöd müsste ich sein, das auszuschlagen.

Ihre Schwester Elke. Groß und breit, rotes Gesicht, ein freundlicher Bullterrier und bestimmt schon siebzig. Sie gießt gerade die Geranien, die auf den Treppenstufen vor dem kleinen Haus stehen.

Ricarda stellt mich vor, und im Gegensatz zu ihr erkennt mich diese Frau sofort. Eine Augenbraue rutscht hoch.

Diese Elke ist nicht blöd, sie reagiert auf meinen grimmigen Blick hin ganz in meinem Sinne und fragt gelassen: Kommt ihr zum Frühstück?

Sie schaut Ricarda an, lässt ihren Blick gründlich zwischen uns hin und her schweifen, nickt und meint: Ich würde ja zu gerne mit euch frühstücken, aber leider habe ich Marga versprochen, beim Kirschenpflücken zu helfen und muss gleich los. Vor Mittag bin ich nicht zurück. Was für ein Jammer.

Ricardas Handy klingelt, sie entschuldigt sich und geht ins Haus.

Die dicke Elke fixiert mich mit ihrem Blick und knurrt nach Bullterrierart: Ich habe Augen im Kopf, mein lieber Freund. Wagen Sie es nicht, ihr wehzutun. Ich kenne sie schon ihr ganzes Leben lang. Gnade Ihnen Gott, wenn Sie ihr auch nur ein Härchen krümmen, dann kriegen Sie es mit mir zu tun.

Ich kann nur noch stammeln, es sei genau anders herum, und bekomme einen roten Kopf, wie ein Schulbub, der etwas Böses im Schilde führt und im Vorfeld von Mutter gewarnt wird. Sie grinst mich böse an und meint vielsagend: Na, dann guten Appetit.

Wenn ich sage, es war eine einzige Offenbarung, dann meine ich nun wirklich nicht das gigantische Frühstück, das wir um die Mittagszeit herum gemeinsam vertilgen. Sie sitzt am Tisch in der kleinen Küche, leckt sich Marmelade von den Fingern. Nun ist sie es, die sagt: Und? Was machen wir jetzt?

Der Zeitrahmen ist im postkoitalen Gespräch bereits geklärt: Vier Tage und hoffentlich drei Nächte. Mehr ist nicht drin.

Bist du gebunden?, frage ich sie. Nein, angebunden, ist ihre Antwort.

Mehr Auskunft gab sie mir nicht, aber es klang endgültig, nicht verhandelbar, und ich hütete mich, mehr zu fordern, auch wenn mir aus lauter Vorangst leicht übel wurde. Wir würden also ein ganzes Leben in vier Tage packen müssen.

Sie machte es mir leicht, weigerte sich konsequent, aus der Gegenwart hin und her in die Vergangenheit oder die Zukunft zu springen, war von einer Präsenz, die den Schauspieler in mir neidisch werden ließ.

Wir verbrachten die Zeit, die nicht mehr als ein Wimpernschlag war, in Hannes` Haus, ungestört, nur einmal täglich von einem Handyanruf unterbrochen, zu dem sie sich nie äußerte. Sie telefonierte immer allein und dann schien es erledigt zu sein. Einmal lud uns Elke zum Abendessen ein, sah uns und murmelte nur: Oh je. Je näher der Abschied rückte, umso hysterischer wurde ich. Jemand wie ich, der es nie ertragen konnte, früh neben einem anderen aufzuwachen, weil dann die ganze Hässlichkeit zu Tage tritt, mit Mundgeruch, dem schalen Geschmack ungeputzter Zähne, all den unangenehmen menschlichen Geräuschen. Ich konnte nicht genug davon bekommen, ihr beim Aufwachen zuzusehen, nachts ihrem leisen Schnarchen zu lauschen, und manchmal hätte ich fast geheult, wenn sie sich im Schlaf zu mir drehte, meine Hand nahm und an ihre Brust zog. Wir haben sogar zusammen geweint, unsere Tränen vermischten sich und selbst mit dem von Tränen verquollenen Gesicht schien sie mir schöner denn je. Ja, sie hat mich auf den Kopf gestellt, geschüttelt und durcheinandergebracht. Sie ist sehr gründlich gewesen, ich habe mich bis heute nicht davon erholt. Wie gesagt, wir haben ein ganzes Leben in vier Tage und drei Nächte gepackt.

Ich habe sie angefleht, habe ihr Versprechungen gemacht, sie beschworen, aber sie blieb so unerbittlich, wie ich früher: keine Telefonate, keine Treffen, ein schneller Schnitt und Ende. Sie hat nur immer und immer wiederholt: Es geht nicht. Laut, leise, mit Tränen in den Augen, lachend, schimpfend. Aber immer nur das Eine: Es geht nicht.

Solange, bis es zu mir durchdrang. Ich beschimpfte sie als herzlos, grausam, gemein und sie nickte dazu, nahm es hin und blieb dabei: Es geht nicht.

In meiner Not griff ich zu Erich Fried:

Es ist Unsinn
Sagt die Vernunft
Es ist was es ist

sagt die Liebe

Es ist Unglück
sagt die Berechnung
Es ist nichts als Schmerz
sagt die Angst
Es ist aussichtslos
sagt die Einsicht
Es ist was es ist
sagt die Liebe

Es ist lächerlich
sagt der Stolz
Es ist leichtsinnig
sagt die Vorsicht
Es ist unmöglich
sagt die Erfahrung
Es ist was es ist
sagt die Liebe

Sie geriet außer sich vor Wut: Sprich du mir nicht von Liebe, wenn es Begehren ist. Aber es ist Liebe, beharrte ich stur. Es war bei mir zuerst die Liebe da und dann das Begehren. Hätte ich nur meinen Mund gehalten. Sie setzte ihren Eisköniginnenblick auf, als sie sagte: Ich bin jetzt hier und du bist jetzt hier. Etwas anderes gibt es nicht und wird es nicht geben. Hier und jetzt. Wie konnte sie es fertigbringen, am nächsten Morgen, nach dieser Nacht, einfach zu gehen? Ich begreife es bis heute nicht.

Ich hielt es gerade mal zwei Tage aus und dann rannte ich ihrer Schwester die Tür ein. Auch ein Bullterrier hat ein Herz. Elke verstand mein Elend nur zu gut, aber auch sie gab mir Ricardas Telefonnummer nicht. Es führt zu nichts, sagte sie. Sie ist angebunden und wenn Sie es unbedingt wissen wollen: Sie ist verheiratet, ihr Mann ist wesentlich älter als sie und ein Pflegefall. Ricarda ist kein Mensch, der in einer solchen Situation einfach geht. Sie ist geblieben und sie wird bleiben. Es hat mich ohnehin gewundert, wie selbstverständlich sie ihre eisernen Prinzipien ignoriert hat. Sie müssen schon etwas ganz Besonderes sein, wenn Ricarda alles andere in den Wind schlägt. Sie ist niemand, der sich leichtfertig in eine Affäre stürzt, und wenn sie nun den Kontakt so radikal abbricht, dann nur, um sich zu schützen.

Ich mache mir Vorwürfe, sagte Elke, dass ich nicht zum Frühstück geblieben bin, das Ganze nicht einfach dreist unterbrochen habe. Aber ich weiß auch, man ist letztlich gegen so etwas machtlos. Es muss erst gelebt und dann überlebt werden.

Immerhin konnte ich den alten Bullterrier überreden, mich anzurufen, sollte sich an Ricardas Lage etwas ändern. Wir sprachen nicht über den Tod ihres Mannes, auch wenn wir beide wussten, was wir meinten. Sie sagte mir fest zu, sich zu melden, und nun warte ich, warte seit einem halben Jahr. Ricarda ist immer bei mir. Ich kann sie nicht vergessen und ich will sie auch nicht vergessen. Fast jede Nacht träume ich von ihr, träume, wie mein Handy klingelt und diese Elke mir sagt: Sie ist frei. Das ist der seidene Faden, an dem ich mich festhalte, um nicht abzusaufen.

Ricarda

Sean kam in einem Moment, in dem ich so unbeschwert und heiter wie in meiner Jugend war. Wenn ich bei Elke meine kleinen Auszeiten nehme, dann werde ich wieder ich selbst. Ich will einfach nicht immer wieder soweit kommen, buchstäblich neben mir zu stehen. Bei Elke bin ich frei von allen Verpflichtungen, sperre mich nicht selbst in dieses Korsett des Müssens und der verantwortungsvollen Verpflichtung, das keinen Gedanken an Lust, an Lachen oder gar an Sex zulässt.

Ich hatte überhaupt keine Zeit, mir Gedanken zu machen, abzuwägen und eine vernünftige Entscheidung zu treffen. Da war diese unvermittelt auftauchende Lust, die mich erfasste, als ich Seans Lippen sachte berührte. Ich wollte diesen Mann küssen und tat es blindlings. Das ist kein Mann zum Bleiben, erkannte ich sofort, sondern einer dieser verletzten Krieger, die die Beine in die Hand nehmen, wenn es zu nah wird und von denen man dann nur noch ein Staubwölkchen am Horizont sieht. Wäre es anders gewesen, dann wäre ich davongerannt.

Das muss man sich mal geben. Erst starrt er mich an, bis ich mich ganz nackig fühle, sagt kein Wort, und dann schleicht er sich heimlich ran und spuckt mit Kirschkernen nach mir.

Na, da bist du aber an die Falsche geraten, dachte ich und spuckte natürlich zurück. Was kann dieser Mann lachen.

Das ist doch das Salz in der Suppe, wenn man gemeinsam blödeln und lachen kann.

Bruno und ich haben früher auch viel zusammen gelacht. Mein Bruno, in den ich mich vor so langer Zeit Hals über Kopf verliebt habe. Da war ich Mitte Dreißig und hatte das Alleinsein satt. Ich muss heute noch lächeln, wenn ich daran denke, dass wir uns an einer Imbissbude vor einem Baumarkt kennengelernt haben. Dort gab es die beste Currywurst der Stadt. Ich hatte an diesem Tag meinen Frust. Holger, der Chef der Werbeagentur, in der ich damals arbeitete, hatte mir unmissverständlich klargemacht, dass ich zu alt für die Branche sei und mir was anderes suchen solle. Mit Mitte Dreißig zu alt. Ich pfiff also auf meine Figur und besänftigte meinen Frust mit einer großen Portion streng verbotener Currywurst und, ich gebe es zu, einer Megaportion Pommes mit Mayo. Igitt, würde ich heute sagen, aber damals war es die einzige Medizin, die mir gegen den Vorwurf, zu alt zu sein, einfiel. Bruno dagegen schlich sich hin und wieder, allen Diätvorschriften zum Trotz, zu dieser Bude und frönte heimlich verbotenen Gelüsten. Wir kamen ins Gespräch und vertieften uns in eine Diskussion über die verbotenen Dinge des Lebens. Eines kam zum anderen und irgendwann wurde ich dann zum Scheidungsgrund für Bruno und seine Frau Vera.

Bei Bruno war es die Currywurst, bei Sean waren es die Kirschkerne.

Bruno und ich heirateten, versprachen uns gegenseitig, in guten wie in schlechten Zeiten füreinander da zu sein. Nun dauern die schlechten bereits mehr als zehn Jahre und werden immer schwieriger. Begonnen haben sie schleichend, als Bruno mit 69 diese Prostataoperation hatte. Das Wort Krebs hat er nie in den Mund genommen. Er war danach impotent und deswegen wurde er ja auch so eifersüchtig. Als wäre Liebe von Potenz abhängig. Bruno damals: sah nicht aus wie 69, führte seine Kanzlei mit Schwung und Ehrgeiz, hatte ein gutes Netzwerk an Beziehungen aufgebaut und war sehr erfolgreich. Er liebte seine Arbeit und war glücklich. Wir waren glücklich. Ich liebte das Älterwerden an seiner Seite. Er tat, als sei er immer noch Mitte vierzig. Wollte mit meiner Jugend mithalten und war unbändig stolz auf mich, seine zweiundzwanzig Jahre jüngere Frau. Der liebe Bruno von damals, sein Witz, seine Eloquenz, unsere gemeinsamen Reisen. Vorbei. Ich versuche dauernd, mich an die guten Zeiten zu erinnern, aber auf geheimnisvolle Art und Weise legt sich der Nebel des Alltags über sie. Jedenfalls wurde Bruno damals grämlich, ein Charakterzug, den ich an ihm nicht kannte. Grämlich und eifersüchtig. Herrgott, Bruno, sagte ich immer wieder. Ich liebe dich und zwar so, wie du bist, aber hör doch auf, so eifersüchtig zu sein. Du hast keinen Grund und glaub nicht, ich hätte deine kleinen Seitensprünge nicht mitbekommen. Damals konnte ich über seine Eifersucht noch lachen und großzügig sein, so wie er immer großzügig und liebevoll war. Aber irgendwann begann er, sich einzubilden, ich würde mich für seine Affären rächen und mir einen anderen Futtertrog suchen, weil er impotent geworden war. Ich versuchte, ihm klarzumachen, dass es unendlich viele andere Arten gibt, wie man sich lieben kann. Es war vergeblich. In seiner wachsenden Eifersucht, die er immer weniger kontrollieren konnte, fing er an, mich zu überwachen und mir die unmöglichsten Sachen vorzuwerfen. Er beauftragte sogar einen Privatdetektiv, um nachzuweisen, mit welchem Liebhaber ich es, wie er sagte, trieb. Seine Wortwahl und sein Verhalten wurden immer bizarrer. Unter seinem Druck hörte ich auf zu arbeiten und schrumpfte. Er behauptete zwar, mich an seiner Seite zu brauchen, dieses dauernde Lauern und Kontrollieren nervte mich jedoch mörderisch. Ich war drauf und dran, ihn zu verlassen, weil ich diese verdammte Eifersucht, diese haltlosen Unterstellungen, diese verrückten Phantasien kaum noch aushielt. Dann, vor zwei Jahren, war bei mir das Ende der Fahnenstange erreicht. Ich hatte die Nase gestrichen voll. Am Tag, bevor ich den Mietvertrag für die kleine Wohnung in Erding unterschreiben wollte, bekam Bruno einen Schlaganfall. Danach war kein Gedanke mehr daran, zu kneifen. Bruno war halbseitig gelähmt und sein Sprachzentrum außer Gefecht. Mein Bruno, der mit Worten jonglieren konnte, lallte nur noch. Erst in der Reha lernte er wieder mühsam, ein wenig zu sprechen. Immerhin kann er sich artikulieren, aber oft wäre es mir lieber, ich könnte nicht verstehen, was er sagt. Anfangs strengte er sich noch an, das Laufen wieder zu lernen. Dann gab er auf. Seither residiert er vorwiegend im Bett. Wenn die Jahre vorher schon schlecht waren, nun sind sie fast unerträglich. Aus Herrn Grämlich-Eifersüchtig ist Herr Bösartig geworden. Ein greiser kranker Tyrann von zweiundachtzig Jahren, von meinem alten Bruno ist nichts mehr da. Ich ertappe mich fast täglich bei der Vorstellung, dieser böse Alte sei gar nicht Bruno. Es gibt Wechselbälger, warum nicht auch Wechselehemänner. Ausgetauscht von einer bösen Fee, als Strafe für unser früheres Glück.

Könnte sein, meint Vera. Sie kennt Bruno als jungen, aufstrebenden Steuerberater, als meist abwesenden Vater ihrer drei gemeinsamen Kinder, und wenn ich ganz gemein sein wollte, dann könnte ich behaupten, sie sonnte sich in der Rolle der Exfrau, die nun der Nachfolgerin zur Seite steht. Das stimmt nicht. Vera ist einer der wenigen guten Menschen, die ich kenne. Sie sagt, ich sei zwar damals der Grund, aber keineswegs die Ursache ihrer Scheidung gewesen und sie trägt mir nichts nach. Sie gibt ganz offen zu, wie froh sie ist, nicht an meiner Stelle zu sein, und genießt ihr Leben mit Hilmar, ihrem zweiten Mann.

Brunos Freunde lassen sich nicht mehr blicken, seine Boygroup, wie ich immer über die agilen Alten spöttelte, hat sich ins Nirwana verkrümelt. Nur Herbert ist ihm geblieben, sein Anwaltsfreund, den er immer zu sich zitiert, um wieder einmal sein Testament zu ändern.

Vera ist da. Sie spürt es, wenn ich kurz vor dem Durchdrehen bin. Dann taucht sie auf, mustert mich und sagt mir unverhohlen, wie entsetzlich ich aussehe und ordnet an: Du verschwindest sofort für mindestens eine Woche. Unser Verhältnis ist unsentimental, meistens sachlich und oft von einem derben Humor gewürzt, den man dieser zierlichen, weißhaarigen alten Dame nicht zutrauen würde. Ohne sie und die Auszeiten bei Elke hätte ich Bruno schon längst in irgendeinem Heim abgeladen. Meine beiden alten Mädels halten mich sowieso für verrückt, weil ich Bruno noch immer zu Hause pflege, aber ich kann ihn nicht einfach abschieben. In guten wie in schlechten Zeiten. Das nehme ich mir zu Herzen, daran halte ich mich, so und nicht anders habe ich mich entschieden. Ich kann mich meiner Verpflichtungen nicht einfach so ratzfatz entledigen, nur weil ich dieses Ekel kaum noch ertrage. Ich ziehe das jetzt durch und Punkt.

Es ist ja nicht so, dass ich kein eigenes Leben habe und mich rund um die Uhr für meinen siechen Bruno aufopfere. Auf diesem Trip bin ich nicht. Der Pflegedienst kommt täglich und außerdem habe ich eine Schwester engagiert, die mich an zwei Tagen in der Woche entlastet. Ich gehe nach wie vor zum Tennisspielen und zum Yoga, hin und wieder auch mal aus. Es ist mir egal, was Bruno sich zusammenphantasiert, ich nehme mir schon meine Zeit für mich. Wir haben keine finanziellen Sorgen, aber mir fehlt die Arbeit, die berufliche Anerkennung, die ich in der Agentur bekommen habe.

Da konnte ich kreativ sein, vor Ideen nur so sprudeln und meinen Ehefrust verarbeiten. Sex hat mir nicht so sehr gefehlt und es hat mir nicht wirklich viel ausgemacht, wie eine Nonne zu leben. Damit habe ich mich arrangiert und dazu habe ich Bruno zu sehr geliebt. Auch wenn Bruno der Ansicht ist, ich würde mich munter durchs Leben vögeln und vor nichts und niemandem Halt machen. Wenn ich ihn ansehe, wie er trotz seiner Beeinträchtigung versucht, mein Leben zu beherrschen, dann frage ich mich hin und wieder, wie ich wohl wäre, wenn Teile meines Gehirns nicht mehr funktionieren würden. Ich schäme mich manchmal, wenn ich wütend auf ihn werde, aber wegen der Tage, die ich mit Sean verbracht habe, in denen ich Bruno ohne einen Funken schlechten Gewissens betrogen habe, mache ich mir keinen Kopf. An Gelegenheiten hat es mir nie gemangelt, aber ich habe all die Jahre immer nein gesagt.

Bis Sean auftauchte und mit ihm mein Begehren, über das ich heute noch staune. Zum ersten Mal seit Jahren habe ich mich wieder gespürt, mich in meinem Körper wohlgefühlt. Ich glaube nicht, dass es gleich etwas mit Liebe zu tun hatte, die Gefühle kamen erst mit den gemeinsamen Tagen dazu und ich habe sie natürlich sofort abgewürgt. Von wegen, bei Frauen käme erst die Liebe und dann die Lust. Das sind die Phantasien der Männer, die Frauen immer noch in Heilige und Huren spalten, wie Bruno. Herrgott, ich bin sechzig und habe oft das Gefühl, ein unsichtbares Neutrum zu sein. Ich hätte nie gezielt gesucht, er musste mir buchstäblich in den Schoß fallen. Heimlich hatte ich ja schon mit dem Zerstörungswerk des Alterns gehadert. Mit meinem nicht mehr taufrischen Körper, mit meinen Brüsten, die anfangen zu hängen und deren Form sich verändert hat. Es waren ja nicht nur die Brüste oder die Oberarme.

Nein, die ersten weißen Schamhaare verstörten mich mehr als alles andere. Mir fehlte das Sinnliche, der Genuss, einen Mann zu berühren und von ihm berührt zu werden. Aber das konnte ich ziemlich gut wegstecken. Nun aber kam schlagartig all das in mein Leben zurück. Nein, es war nicht nur Aussöhnung mit mir und meinem Körper, sondern unbändige Freude an der wachsenden Lebendigkeit, die so spürbar und sichtbar wurde. Die Freude in seinen Augen und immer wieder dieses Staunen, weil er mich so schön fand, die Tränen, die mir in die Augen schossen, als mich er andächtig streichelte und ich meine anfängliche Scham überwand. Dieses Entdecken, dieses Entzücken am anderen. Ich fand meine Unbeschwertheit und meine Unbefangenheit wieder. Ein Mann der Lieder und Gedichte. Ich bekam so weiche Knie, dass er mich ruckzuck im Sack hatte. Welcher Mann kennt sich schon mit Rilke aus?

Er fragt nicht: „Dein Gemahl?"
Sie fragt nicht: „Dein Name?"
Sie haben sich ja gefunden, um einander
Ein neues Geschlecht zu sein.

Sean verstand sofort, denn damit legte ich die Spielregeln für unser Zusammensein fest und er ging darauf ein. Einfach ein Mann und eine Frau. Mehr war doch auch nicht nötig.

Vielleicht war es genau diese Freiheit, dieses Nichtwissen um das Leben des anderen, das uns dazu verlockte, diese Nähe, dieses Verschmelzen zuzulassen. Das ganze Drumherum mit: was machst du beruflich, bist du verheiratet, hast du Kinder, fiel weg. Nix da mit Besitz, Image, Ansehen. Stattdessen: was träumst du, was isst du gern, welche Spiele hast du als Kind gespielt, was sind deine größten Ängste. Das kannte er so nicht, gab es auch offen zu, fand großen Gefallen daran.

Klar habe ich eine harte Grenze gezogen, aber was sollte ich denn tun, außer eines vom anderen scharf zu trennen? Auf keinen Fall wollte ich so einen Mischmasch. Einmal am Tag vergewisserte ich mich, ob zu Hause alles in Ordnung war, und dann tauchte ich wieder in diese umfassende Glückseligkeit ein. Der Kontrast war mir persönlich zu groß und ich musste dem Ganzen ein klares Nein entgegensetzen. Das ist mir nicht leichtgefallen. Da waren so viele Momente, die ein Nein fast unmöglich machten. Natürlich habe ich hinterher gedanklich durchgespielt, wie es wäre, ihn wiederzusehen. Ich weiß nicht, ob ich das ausgehalten hätte. Es war schon schwer genug, nach diesen wenigen Tagen wieder in meinen Alltag zurückzukehren. So ernüchternd, so klein, so eng. Nun war Brunos Vorstellung Wirklichkeit geworden und er spürte es. Als er mich anzischte, du stinkst nach Sex wie eine Hure, da lächelte ich ihn an und sagte, ach Bruno, was du dir da wieder einbildest, und tätschelte ihm so richtig fies und gönnerhaft die Wange. Du kannst mich mal, dachte ich. Mein Alien-Ehemann hat nur noch seine Wut und die zornige Hilflosigkeit, und die letzte ihm verbleibende Freude empfindet er, wenn er mich beschimpft und beleidigt oder sein Essen auf den Boden wirft. Ich höre sein Grunzen und Schnaufen und manchmal gestehe ich mir ein, dass neben all dem Mitleid, das ich für ihn empfinde, auch Ekel und Abscheu ihren Platz in meinem Leben gefunden haben.

In den Tagen mit Sean gelang es mir, Bruno auszublenden. Für diese kurze Zeit gab es nur noch Sean und mich.

Er fand so großen Gefallen daran, mit mir zusammen zu sein, dass er mehr wollte als diese paar Tage. Er fing an, mich unter Druck zu setzen, bis mir der Kragen platzte. Natürlich habe ich mit dem Gedanken gespielt, es könne mehr daraus werden, aber solche Gedanken sind wie Sackgassen und führen zu nichts. Träume vom Leben können das Leben nicht ersetzen, und mein Leben sieht nun mal so aus, dass es Bruno gibt und Punkt. Was hätte es geändert, wenn ich mich darüber ausgelassen hätte? Dann hätte Bruno mit im Bett gelegen und das war das Letzte, was ich wollte. Ja, Sean hatte schon Recht, ich war unerbittlich konsequent und kompromisslos. Aber wie hätte ich anders handeln können? Ich kenne genügend Frauen, die sich einen Liebhaber halten und das sage ich extra so gemein, damit ich nicht in Versuchung komme, auch so eine zu werden. Damit halten sie sich über Wasser und ihre Ehen am Funktionieren. Aber das will ich nicht. Ich will mir nicht Stunden erschleichen, auftanken und dann wieder funktionieren. Ich habe Jahre ohne Sex gelebt und bin davon weder verbittert geworden noch daran gestorben. Ich will mehr als Sex und das geht nicht, solange ich für Bruno da bin. Ich will diesen Spagat nicht machen, weil er mich zerreißen würde, weil ich einfach nicht flexibel und gelenkig genug dafür bin. Das sollen andere machen. Ich will Sex und Liebe, Freiheit und Nähe, Auflösung und Grenzen. Wenn ich das nicht haben kann, dann will ich nichts davon. Deswegen muss es bei dieser Affäre bleiben. Das, was mich nach wie vor schmerzt, ist das deutliche Gefühl, mit Sean hätte es möglich sein können. Nicht kampflos, aber möglich.

Also bei mir der harte Schnitt, Schluss, aus, keinen Namen, keine Nummer, keine Erreichbarkeit, kein Hintertürchen. Aus und vorbei. Es hat funktioniert.

Ich wollte diese unglaubliche Woche wie ein Märchen behalten, es mir immer wieder selbst erzählen, habe aber schnell gemerkt, wie diese Flucht eine Sehnsucht in mir weckte, die mir nicht guttat. Sie hätte es mir auf Dauer unmöglich gemacht, mit Bruno zu sein. Also verstaute ich alles im hintersten Winkel und redete mir ein, es sei nicht mehr als ganz nett und erfrischend gewesen. Sean war mein Prinz, zwar ohne Pferd und Rüstung, aber er hatte mich in seinem verzauberten Häuschen glücklich gemacht. Das war´s dann und es endete eben nicht damit, dass wir glücklich bis ans Ende unserer Tage dort lebten. Das Ganze kam mir nach einiger Zeit ohnehin nicht mehr real vor. Eher wie ein Traum, und wenn ich tatsächlich von ihm träumte, dann war mir beim Aufwachen richtig übel vor Sehnsucht. Bruno war wie ein Strudel, in den mein Leben hineingesogen wurde, und mit der Zeit hörten die Träume einfach auf.

Als das Novemberlaub nach den ersten Frösten unter meinen Füßen zerbröselte, saß ich wieder fest im Sattel, ohne zu ahnen, dass er ein Schleudersitz war. Im Wohnzimmer lief die Glotze mit leiser, einlullender Lautstärke und ich duselte auf der Couch vor mich hin. Auf einmal hörte ich Seans Stimme, die sagte, ich werde nicht aufhören, nach ihr zu suchen, und ihr müsst mir dabei helfen. Im Aufsetzen begegnete mir sein Blick auf dem Bildschirm. Es dauerte eine Weile, bis ich kapierte, dass er nicht mich, sondern sein Pferd meinte. Herrgott noch mal, es war einfach ein Film. In diesem halbwachen Schockzustand glaubte ich, er würde von mir sprechen. Ich bekam die Handlung nicht einmal ansatzweise mit, sah immer nur ihn, ihn und ihn. Selbst als ich Bruno nach mir rufen hörte, konnte ich mich nicht losreißen. Mit einem Schlag in die Magengrube war alles wieder da und mein Herz raste. Dann kam eine Szene, in der er schallend lachte und dieses Lachen war so sehr Sean, dass ich mit zitternden Händen die Fernbedienung suchte und ihn, sein Lachen, seine Augen, seine Lippen einfach ausschalten musste. Ich bin ein Mensch, der selten weint, aber nun warf ich mich auf die Couch und heulte los. Mir war in diesem Moment alles egal. Egal, ob Bruno mich hörte, ob er nach mir verlangte. Ich ertrug diesen Schmerz nicht, diese Erkenntnis, wie sehr ich mich selbst belogen hatte, hielt diese Sehnsucht nach Sean nicht aus, die durch meinen Körper tobte. Ich hatte das Gefühl, mich völlig aufzulösen, niemals mehr mit dem Weinen aufhören zu können. In dieses Weinen um Sean mischte sich die Trauer um das Leben, das Bruno und mir unwiederbringlich entglitten war. Es gab diesen Bruno nicht mehr und Sean, Sean gab es auch nicht mehr, er war genauso unerreichbar, so fern wie Bruno. Wie gerne würde ich behaupten können, nach dieser Nacht eine andere geworden zu sein, vielleicht mit dem Heiligenschein der Läuterung versehen oder auferstanden wie Phönix aus der Asche. Nein, ich kam mir eher vor wie nach einer Brachialdiät mit irgendwelchen grauenhaft schmeckenden Shakes. Völlig ausgehungert nach anständigem, sättigendem Essen. So ernsthaft entschlossen, wie ein chronischer Säufer zur

Tankstelle wankt und sich sein Sixpack Dosenbier kauft, setzte ich mich an den PC und googelte Sean McLoud.

Er hatte sogar einen Wikipedia-Eintrag. Gierig sog ich alle Informationen, derer ich habhaft werden konnte, in mich hinein. Der PC war meine Tanke und die Infos mein Dosenbier. Nach zwei Stunden hatte ich einen Pegel, der mich wieder einigermaßen funktionieren ließ.

Sean hat einen schottischen Vater und eine deutsche Mutter, eine jüngere Schwester und ist in Inverness und Hamburg aufgewachsen. Mehrere abgebrochene Studiengänge. Als Straßensänger im Kilt wurde er für den Film entdeckt und anschließend machte er eine ordentliche Karriere als Serienstar, die mit einer Reihe von Filmen ihren bisherigen Höhepunkt erreichte. Nun war er vor allem im englischsprachigen Raum ein gefragter Schauspieler. Hatte nie geheiratet, und auch wenn es massenweise Bilder mit Frauen von ihm gab, so fand ich keine Anhaltspunkte für eine Ehefrau oder ähnliches Getier. Sein Privatleben hielt er offensichtlich unter Verschluss. In einigen Kommentaren wurde er als geheimnisvoll und rätselhaft beschrieben. Er ist tatsächlich neun Jahre jünger als ich, wie ich mit einem leisen Kichern feststellte, und hat früher wirklich wahnsinnig gut ausgesehen. Ich kannte ihn anders als alles, was ich im Netz über ihn fand. Noch immer erinnerte ich mich daran, wie begehrenswert er nackt war und an seinen wunderschönen Po, an die vier kleinen Fältchen neben seinem rechten Ohr und welch betörende kleine Schweinereien er flüstern konnte, kannte den Blick, wenn sein Begehren auf mich übersprang, wusste, dass er seine Nase zu knubbelig fand und mit seiner starken Körperbehaarung unglücklich war. Nach allem, was ich im Netz über ihn las, war ich mir sicher, nur einer Sommerliebe begegnet zu sein und nicht mehr. Würde ich versuchen, Kontakt zu ihm aufzunehmen, dann gäbe ich mich einer peinlichen Lächerlichkeit preis, würde wie ein penetranter weiblicher Fan wirken, und die schienen ihm ja in Scharen nachzulaufen. Ich zwang mich dazu, mir seine Reaktion vorzustellen, malte mir sein angestrengtes Nachdenken auf eine kleine Huhu-Sean-Mail aus: Ricarda? Wer zum Teufel ist Ricarda? Ach ja, das war die im Sommer. Wie kommt die denn durch die Firewall? Ja, jetzt erinnere ich mich: Schon ziemlich alt, aber ein ganz guter Jahrgang. War echt putzig, diese Frau. Oh Gott, was will die denn von mir? Ach was, ich ignoriere sie einfach, das wird sie schon richtig interpretieren.

Nein, es war völlig ausgeschlossen zu versuchen, mich mit ihm in Verbindung zu setzen. Ich würde lernen müssen, mit meiner Sehnsucht und meinem Wust aus Gefühlen zu leben und würde es auch können. Immerhin war ich kein Teenager mehr. Sean war einfach nur eine Erinnerung, die mich durch das unerwartete Wiedersehen ins Jammertal des Selbstmitleids gestürzt hatte. Wach auf, Ricarda, sagte ich zu mir, er sucht nicht dich, sondern sein Pferd. Und wenn er es gefunden hat, dann ist es eine feurige junge Stute und keine alte Schindmähre.

Elke

Da tauchte Ricarda mit Sean McLoud auf, als sei es das Selbstverständlichste der Welt. Mir fiel die Kinnlade runter. Sean McLoud. Ich gebe zu, dass ich mir die kompletten Serien auf DVD gekauft habe. Die, in der er einen spätberufenen Priester spielt, den seine Vergangenheit als Schwergewichtsboxer immer wieder einholt, habe ich mir bestimmt schon fünfmal angeschaut. Er ist der Typ sensibler Frauenverächter. Wahnsinnig attraktiv für Frauen, die auf Beziehungskrüppel stehen, auf diesen verletzten Hundeblick hereinfallen und die er dann am ausgestreckten Arm verhungern lässt. Groß, ich denke mal, er ist fast zwei Meter und hat diese breiten Schultern, die vorgeben, eine Frau könne sich anlehnen. Da kann ich ja nur lachen. Sobald eine Frau dem Irrglauben erliegt, so einer sei ein Fels in der Brandung, trollt er sich wie ein kleines Hündchen, das gerade heimlich einen kompletten Kuchen gemopst hat.

Wenn das mal keinen Flächenbrand mit gebrochenen Herzen gibt, dachte ich mir und nahm ihn mir gleich zur Brust, als Ricarda im Haus mit Vera telefonierte.

Ricarda ist meine Halbschwester. Ich bin zwölf Jahre älter als sie und im Laufe unseres gemeinsamen Lebens von der Mutter über die große Schwester zur besten Freundin mutiert. Als ich Sean sah, mit diesem Mund, der zum Küssen einlädt, da überkam mich helle Wut. So wie damals, als Rolf, Mutters kleiner Kronprinz, den Kinderwagen umwarf, in dem Ricarda lag. Ich habe ihn grün und blau geprügelt und musste zur Strafe einhundertmal schreiben: Ich darf meinen kleinen Bruder nicht schlagen. War mir egal. Ricarda hatte es schwer genug. Ich wusste, sie würde Bruno niemals verlassen, aber langsam überstieg seine Pflege ihre Kraft. Ich hatte ihr schon geraten, sich etwas fürs Herz und für den Sex zuzulegen, aber das ist nicht ihre Art. Immerhin hat sie sich dazu durchgerungen, einige Male im Jahr für eine Woche zu mir zu kommen und Bruno in der Obhut seiner Ex Vera zu lassen. Mehr war bei ihr nicht drin. Und dann das. Kommt mit diesem Schauspieler angetanzt, als würde sie ihn schon jahrelang kennen. Keine Spur von Verlegenheit, sie wusste nicht einmal, dass er Schauspieler ist und es interessierte sie wohl auch nicht.

Ich habe ihn ziemlich abgekanzelt, und er hat einen knallroten Kopf bekommen und gemurmelt, nicht er würde ihr, sondern sie ihm sicherlich das Herz brechen.

Ich habe die beiden ziehen lassen, sie aber dann doch mal zum Abendessen eingeladen, weil ich so neugierig war. Als ich die beiden sah, habe ich nur oh je gesagt. Wäre ich einen Tag meines Lebens so schön gewesen wie Ricarda an diesem Abend, die Welt hätte mir zu Füßen gelegen. Und er? Er sah überhaupt nicht aus wie ein eitler Löwe, der an seiner Trophäe nagt, sondern wie einer, dem man den Boden unter den Füßen weggezogen hat. Der hatte sich wirklich in sie verliebt. Bei Männern seiner Sorte kommt dabei erfahrungsgemäß nichts Gutes heraus.

Als sie mir beim Abschied sagte, sie habe ihm nicht einmal ihre Nummer, geschweige denn ihren Namen oder ihre Adresse gegeben, weil sie auch nicht den leisesten Hauch einer Möglichkeit zulassen wollte, da hatte ich unendlich Mitleid mit ihr. Gleichzeitig bewunderte ich ihre Härte gegen sich selbst. Das hätte ich mit Sicherheit nicht gebracht. Da trifft es beide so sehr, und dann geht es doch nicht, weil meine doofe Ricarda aus ihrer Verpflichtung nicht herauskann. Menschenskind! Sie bat mich, ihm auf keinen Fall ihre Nummer zu geben, sollte er bei mir auftauchen, sie würde es nicht ertragen, seine Stimme noch einmal zu hören oder ihn zu sehen. Ich glaubte ihr aufs Wort.

Ich war gespannt, wie lange es dauern und wie er es anstellen würde, mir ihre Nummer rauszuleiern. Auf das Häufchen Elend, das zwei Tage später an meinem Küchentisch saß, war ich nicht gefasst. Den hatte es tierisch erwischt. Aber ich hatte Ricarda fest versprochen, ihre Nummer nicht herauszurücken. Wir fanden dann einen Kompromiss. Ich würde ihn anrufen, falls sich bei Ricarda irgendwelche Veränderungen ergäben. Da hatte ich nun die geheiligte Geheimnummer des Sean McLoud und konnte nicht einmal damit prahlen. Es hätte mir niemand geglaubt. Ganz abgesehen davon, kann ich mir nicht vorstellen, dass er mir die Nummer als Einladung für Plauderstündchen überlassen hat.

Ricarda ist seit über zwanzig Jahren mit Bruno verheiratet. Zu Beginn hatte ich große Sorge, ob sie auch glücklich werden würde, aber die beiden waren glücklich. Zumindest viele Jahre lang. Angeblich halten Ehen mit einem so großen Altersunterschied ja nur, wenn einer der beiden sich unterordnet. Das war bei Bruno und Ricarda nicht der Fall. Erst als Bruno diese krankhafte Eifersucht entwickelte, wurde es für Ricarda schwer. Ach Gott, Männer und ihr bestes Stückchen! In den letzten zehn Jahren hat Ricarda meiner Meinung nach einen zu hohen Preis für diese Ehe gezahlt. Wie fies ist es doch vom Leben, Bruno genau zu dem Zeitpunkt einen Schlaganfall zu verpassen, als sie gerade dabei ist, sich von ihm zu verabschieden. Nach dem Schlaganfall packte sie ihre Koffer wieder aus und blieb. Also, ich habe es für einen totalen Irrsinn gehalten. Zuerst habe ich gedacht, Ricarda mache es, um sich für ihren Wunsch, ihn zu verlassen, zu bestrafen, aber sie erklärte mir, es sei ihre Pflicht, ihn in diesem Zustand nicht allein zu lassen. Als sie mit Anfang vierzig diese unbegreifliche Totgeburt hatte und sich daraus eine langanhaltende Depression entwickelte, die für alle Beteiligten nur schwer auszuhalten war, war Bruno an ihrer Seite und hielt sie trotz der Therapie, die sie machte, nicht für verrückt. Ich gebe zu, für einen Mann seines Charakters und seiner Generation war das eine Glanzleistung. Eine Trennung stand für Ricarda zu keinem Zeitpunkt mehr zur Diskussion. Das machte sie mir immer wieder klar. Sie behauptete im vergangenen Jahr sogar, ihr Leben als Frau sei in ihrem Alter ohnehin am Ende und nach Bruno käme sowieso nichts mehr. Da hat sie sich aber gründlich getäuscht. Wann das Leben als Frau aufhört und ob es wirklich mit einem Mangel an Mann einhergeht, kann ich nicht beurteilen. Mit Anfang Zwanzig hatte ich mal einen Freund, der mich dann wegen einer Hübscheren verließ, und schön bin ich nun mal nicht. Als ich dann mit vierzig noch einen kennenlernte, da war ich schon nicht mehr bereit mich anzupassen und blieb lieber allein. Aber ich hatte nie das Gefühl, ich sei keine richtige Frau oder hätte kein richtiges Leben. Jetzt im Alter habe ich meine Kartenrunde, meinen Seniorenkreis, meinen Garten und vor allem einige gute Freunde, viel mehr brauche ich nicht. Ricarda hätte ich diese Liebe gegönnt und an ihrer Stelle hätte ich nicht einfach alle Brücken hinter mir abgerissen. Ich finde, wenn einem ein so besonderer Mensch begegnet, dann sollte man froh und dankbar sein und das Beste daraus machen, egal wie alt oder wie jung man ist. Aber Ricarda ist stur wie ein Esel. War sie schon immer. Deswegen war ich ja so von den Socken, als sie ihre eisernen Prinzipien einfach über Bord warf und mit ihm aufkreuzte: Hallo Elke, das ist Sean. So, als hätten sie schon im Sandkasten zusammen gebuddelt. Nein, sie hat es nicht einfach so weggesteckt, sie hat fürchterlich darunter gelitten. Ich weiß, ich bin gemein, aber er kam mir vor wie eine Frucht, von der sie gekostet hatte, um sie dann vor sich selbst wegzusperren und den Schlüssel zur Speisekammer wegzuwerfen. Herrgott nochmal, wo wäre denn das Problem gewesen? Sie hätten sich auch bei mir treffen können. Bruno vertraut mir und würde nie auf die Idee kommen, ich könnte Ricarda in Liebesangelegenheiten decken. Dann hätte sie halt öfter eine Pflegerin ins Haus holen müssen. Wir haben uns deswegen richtig in die Haare bekommen. Mädchen, dein Leben geht doch weiter, sagte ich, du kannst doch nicht vierundzwanzig Stunden am Tag um deinen Mann rumspringen, das bringt dich doch um. Dieser Sean ist verrückt nach dir, der liebt dich, wie kannst du ihn nur so abweisen. Sie spuckte Gift und Galle, ein sicheres Kennzeichen für den Stich ins Wespennest. Sie verbot mir, jemals wieder über ihn zu sprechen. Sean McLoud war von jetzt an tabu. Ich sage das alles so leicht, weil ich nicht in ihrer Haut stecke und vielleicht auch, weil ich nie so geliebt habe und nie so geliebt worden bin wie Ricarda.

Sie hat ihn nicht vergessen und sie wurde in den folgenden Monaten sehr dünn. Es fiel mir deswegen so auf, weil ich sie nicht dauernd sehe, aber jedes Mal, wenn sie kam, schien sie mir noch dünner geworden zu sein. Ein Strich in der Landschaft, wie ich immer sage. Ich hielt mich nur schwer an das Schweigegebot. Nach meiner Überzeugung ist er einer dieser Männer, die tierisch eins vor den Latz geknallt bekommen müssen. Es kann Männern von seinem Kaliber nicht schaden, zu erleben, wie es ist, sich zu verlieben, um dann abserviert zu werden. Ich verwette mein letztes Hemd, er ist so einer, der mit Frauen beschissen umgeht und ihnen dann suggeriert, sie seien dran schuld. So einer heult nur, wenn es richtig wehtut. Er heult und dann vergisst er. Es hätte mich wirklich gereizt, ihn mal anzurufen und ihn zu fragen, ob er ihm der Name Ricarda etwas sagt. Ach, was bin ich doch für ein böses altes Weib.

Anfang Februar tauchte er einfach auf. Ich hatte mich verhoben, weil ich es nicht lassen kann, Roo, meinen monströsen Maine Coon Kater auf den Arm zu nehmen, und schleppte mich zur Haustür, verärgert darüber, dass ich mein Heizkissen im Stich lassen musste und in der Annahme, es sei die Briefträgerin, die mal wieder ein Paket für die Nachbarin abgeben wolle.

Da steht er vor der Tür, schaut mich nur an und fragt, ob er reinkommen darf. Dieser Riese ganz klein, bittend und irgendwie rührend. Um ihm die Tür vor der Nase zuzuknallen, bin ich nicht beweglich genug und ich denke mir, der soll mir gleich mal Holz für den Kachelofen aus dem Schuppen holen. Also watschle ich erst einmal vorsichtig zum Holzkorb, deute drauf und sage, zuerst hinten aus dem Schuppen Holz holen, dann Ofen anschüren und dann gibt es vor mir aus einen Kaffee. Er schnappt sich den Korb und ist im Handumdrehen wieder da, leert den vollen Aschekasten brav aus und heizt gekonnt den Ofen an. Ich habe mich in der Zwischenzeit in die Küche geschleppt und das Wasser für den Kaffee aufgesetzt, und als ich die Dose mit den restlichen Weihnachtsplätzchen aus dem Schrank holen will und mich bücke, da komme ich nicht mehr hoch. So ein Mist.

Er füllt die Küche mit seiner enormen Größe beinahe aus, erfasst mit einem Blick, was los ist und meint: Ah, die Hexe hat geschossen! Ich ächze was von Tabletten in der Schublade links neben dem Herd, aber er besteht darauf, mich ins Wohnzimmer zu bugsieren, auf die Couch, Heizkissen an und den Kaffee würde er auch machen, die Tabletten bringen und auch die Kekse. Ich liege also schmerzerfüllt und schnaufend auf der Couch und er erledigt alles mit ruhiger Selbstverständlichkeit. So ein guter Junge.

Jetzt bin ich verarztet und kann nur auf die kombinierte Wirkung von Tabletten und Heizkissen warten. Ich grinse ihn schief an und sage: Perfekter Tag. Nicht wahr? Er sitzt da, gießt sich einen Kaffee ein, nimmt prüfend eines der alten Plätzchen, mustert es von allen Seiten und grinst tückisch zurück, sagt: Punktgenauer Überfall, ich kam ja wohl wie gerufen. Und weil ich alles so hübsch gemacht habe, muss ich nicht gleich wieder gehen. Oder? Er lächelt unwiderstehlich und isst in aller Seelenruhe das Plätzchen. In mein Dahinschmelzen meint er: Schmeckt wie die von meiner Mum. Ich kann mir ein Lächeln nicht verkneifen. Dann mal los, wo drückt denn der Schuh?

Der klassische Fall einer Bekehrung. Vom arroganten Schnösel zum offensichtlich wahrhaft Liebenden. Ha, jetzt sitze ich in der Klemme, weil mich das so anrührt, was er sagt, diese Ernsthaftigkeit und Aufrichtigkeit, mit der er sich mir öffnet. Er leidet tatsächlich. Das ist keine Rolle, die er spielt.

Was soll ich denn Ihrer Meinung nach tun, werfe ich den Ball zu ihm zurück.

Sean

Es war ein schneller Entschluss, die drei Tage Drehpause zu nutzen, um zu Elke zu fahren. Meine einzige Hoffnung. Während des Drehs war ich unkonzentriert und total neben der Spur. Statt des Rollentextes lernte ich Liebesgedichte auswendig, so weit war ich schon. Der Regisseur, der mich als locker, routiniert und zuverlässig kennt, fragte, was denn mit mir los sei. Ich solle meine Probleme doch bitte in den drehfreien Tagen in den Griff kriegen, denn so würde es beim besten Willen nicht gehen. Ob eine Frau dahinterstecke? Oder ein Mann? Oder ob ich krank sei? Ich wäre seit dem letzten Film deutlich schlanker geworden. Aber es stünde mir gut, ich sähe sehr sexy aus, meinte er lüstern. Er war ziemlich neugierig, denn ich mache bei Dreharbeiten nicht mit Frauen rum und bin am Set deswegen auch immer sehr beliebt. Der Regisseur ist schwul und ich weiß, wie gerne bei mir landen würde, weil er – wie so viele – meint, ich sei schwul. So, als wäre man automatisch schwul, wenn man keine feste Freundin oder Ehefrau vorweisen kann. Es gibt immer noch jede Menge Schwule in der Filmszene, die sich selbst verleugnen und Alibi-Partnerinnen haben. An meiner Heterosexualität hatte ich jedoch nie auch nur den geringsten Zweifel. Ich versuchte, ihn zu beruhigen, log ihm etwas von meiner kranken Mum vor, um die ich mir Sorgen machen würde, die aber in Wirklichkeit natürlich putzmunter herumspringt. Ich würde mich während der

Drehpause darum kümmern. Mein Plan sah vor, nach München zu fliegen, mir einen Wagen zu mieten und Elke zu übertölpeln. Ich hatte ja nicht einmal Elkes Telefonnummer und nie wieder etwas von ihr gehört. Entweder hatte sie meine Nummer weggeworfen oder Ricardas Mann, dieser zähe alte Knochen, lebte noch immer. Ich wollte einfach bei Elke auftauchen, ihr die Pistole auf die Brust setzen und sie zwingen, Ricardas Nummer rauszurücken.

Dabei war ich mir nicht wirklich sicher, ob mein Plan gut war und sie mich überhaupt reinlassen würde, wenn ich einfach so unangemeldet hereinschneien würde. Wer nicht wagt, der nicht gewinnt, ermutigte ich mich und riskierte es einfach, den teuren Flug zu buchen und mit dem Mietwagen durch die verschneite Provinz zu gondeln, in der Hoffnung, Gehör zu finden. Ich habe es einfach nicht mehr ausgehalten, und wenn Ricarda nichts mehr mit mir zu tun haben wollte, dann musste sie es mir schon selbst ins Gesicht sagen. Darunter würde ich es nicht tun, und wenn ich mich zu etwas entschlossen habe, dann mache ich das auch. Notfalls vor ihr auf die Knie fallen. In meinen kühnsten Träumen hätte ich mir nicht ausmalen können, jemals an einen solchen Punkt zu kommen, mich so sehr nach einer Frau zu sehnen, die mir vor Monaten gesagt hatte: Nein. Es geht nicht und Punkt. Ich war bereit, mich völlig zum Affen zu machen, um mir nicht vorwerfen zu können, irgendetwas unversucht gelassen zu haben. Alles andere könnte ich mir nicht verzeihen.

Da sitze ich nun im Wohnzimmer des Bullterriers, esse alte Plätzchen, die überraschend gut schmecken, und erzähle Elke alles. Wirklich alles, und es macht mir nichts aus, denn trotz ihrer offensichtlich starken Schmerzen hört sie mir aufmerksam zu, unterbricht mich nicht, nickt hin und wieder. Ich merke, sie versteht wirklich, dass es sich nicht einfach nur um die Laune eines abgewiesenen Liebhabers handelt. Auf einmal gewinne ich diesen guten alten Bully lieb und trotz meines eigenen Kummers verstehe ich ihre Situation, als sie mich fragt, was sie denn nun tun solle.

Das weiß ich doch nicht. Sie soll auf der Stelle Ricarda herbeizaubern, ihr klarmachen, wie sehr ich sie liebe und dass ich mit dem Lieben einfach nicht aufhören kann. Elke soll Ricarda sagen, wie dringend ich sie wiedersehen muss, wie schnell ich Klarheit brauche und wie unmöglich es mir ist, ohne sie zu leben. Auf Elke wird sie hören. Elke kann einfach nicht so herzlos sein und meine Bitten abweisen. Ich brauche ja nicht mehr als nur Ricardas Telefonnummer oder die Adresse, um ihr zu schreiben oder ihre Mailadresse oder wenigstens die Zusage von Elke, Ricarda den Brief zu übermitteln, den ich ihr im Flugzeug geschrieben habe.

Ich rede um mein Leben auf diese alte Frau ein, und sie liegt da und schaut sehr nachdenklich.

Als ich nichts mehr zu sagen habe und einfach nur noch dasitze und warte, was sie sagen wird, ob sie sich nun bereit erklärt, mir zu helfen, habe ich das Gefühl, nein, sie wird mir nicht helfen. Sie hat einfach nur Mitleid mit mir armen Tölpel, hört mich geduldig und mitfühlend an und dann gibt sie mir den Fangschuss. Ich hebe den Kopf und sehe sie an. In ihrem Blick ist nichts Abweisendes, nur eine Art von Güte, die ihr Bullygesicht verschönt. Aus ihren Worten höre ich zuerst nur heraus, dass sie mit Ricarda nicht mehr über mich gesprochen hat, weil Ricarda alle Versuche abgewiegelt und mich zum Tabu erklärt hat. Sie respektiert diese Entscheidung und ist daher nicht sicher, wie es tatsächlich um Ricarda bestellt ist.

Es ist kein glattes Nein, das sie mir da anbietet, aber auch kein echtes Ja, sondern immerhin ein Vielleicht. Seufzend erklärt sie mir wie einem Schwerkranken, der unbedingt an die heilende Medizin heranwill, sie könne so auf die Schnelle keine Entscheidung treffen. Sie zieht höchstens das Übermitteln des Briefes in Erwägung und das macht mich sauer. Ich will Ricarda sehen, mit ihr sprechen und werde ziemlich heftig. Nun mal sachte, weist sie mich in ziemlich scharfem Tonfall zurecht.

Ihre Gründe sind einleuchtend. Wenn Ricarda mich sehen will, dann soll sie das selbst entscheiden. Würde ich, wie es meinem Temperament zu Schnellschüssen offensichtlich entspräche, versuchen, ihr die Tür einzurennen, würde Ricarda mir einfach nicht öffnen. Dann wäre jede Chance vertan, denn eine Frau wie sie kann man nicht unter Druck setzen. Dann ist sie endgültig weg. Elke versichert mir, Ricarda nicht nur gut, sondern sehr gut zu kennen. Daher solle ich ihr, Elke, Bedenkzeit geben. Sie bietet mir an, darüber nachzudenken, ob es etwas bringen würde, wenn sie Ricarda erst einmal den Brief gibt und ihr von unserem Gespräch berichtet. Das könne sie aber nur, wenn sie sicher sei, Ricarda damit nicht zu schaden. Letztlich bleibt es beim Austausch aller Nummern und Adressen und dann fragt sie mich, ob ich zum Abendessen bleiben möchte. Im

Kühlschrank steht ein fertiges Hühnerfrikassee, und Reis können Sie ja wohl kochen, feixt sie. Offensichtlich haben ihre Schmerzen nachgelassen. Sie ist erstaunt, als ich ihr sage, wie gerne ich koche, aber in Ermangelung einer geeigneten Küche nur selten dazu komme und das Angebot gerne annehme. Wir essen zusammen. Sie lobt den Weißwein und den Hauch von Muskat, den ich ohne zu fragen dem Frikassee untergejubelt habe. Als ich aus der Wärme in die Februarnacht hinaustrete, ist es bitterkalt und die Sterne funkeln, wie in der Sommernacht, als Ricarda und ich zusammen am Feuer im Garten unsere gemeinsame Glut immer wieder entfachten.

Ricarda

Angeblich ist für die meisten Menschen der November der mieseste Monat. Ich hasse den Februar. Der Winter zieht sich, es dauert noch bis zum Frühlingsbeginn und mit meiner Laune geht es stetig bergab. Elke ruft dann mindestens drei Mal in der Woche an, um mich aufzuheitern. Meistens hilft das ein wenig, aber in diesem Februar ging es mir ganz besonders beschissen. Ich trauerte noch immer um Lolly, die kurz nach Neujahr gestorben war. Mein liebe Lolly, mein Herzenshund, hinterließ eine riesige Lücke. Elke drängte mich: Komm bitte mal ein paar Tage zu mir, ich habe wichtige Dinge mit dir zu bereden.

Es klang ernst und ich bekam höllische Angst, sie könne krank sein. Bitte, lieber Gott, nicht auch noch Elke! Das hätte mir gerade noch gefehlt.

Vera war auf einer ihrer ewigen Kreuzfahrten und eigentlich konnte ich Bruno nicht allein lassen. Ich entschied mich zum ersten Mal, ihn gegen seinen Willen in ein Kurzzeitpflegeheim zu geben. Der rasende Zorn und die hasserfüllten Worte waren nicht so schlimm wie die beiden Tränen, die ihm die Wange herunterrollten, als ich mich von ihm verabschiedete. Ich kam mir vor wie das letzte Schwein. Aber wenn Elke mich schon mal bat, zu kommen, dann musste wirklich etwas Wichtiges dahinterstecken.

Sie sah völlig normal aus, wie immer. Keine Anzeichen irgendeiner schrecklichen Krankheit, ihre Bäckchen rot wie eh und je. Nur der Gesichtsausdruck bedeutungsschwanger. Kaum hatte ich meine Reisetasche im Flur abgestellt und die Jacke an den Garderobenhaken gehängt, da zog sie mich schon in die Küche. Entschlossen drückte sie mich auf einen Stuhl und sagte, da, schau, das ist der Grund, warum ich wollte, dass du kommst.

Ich sehe die Kaffeetassen, den Kuchen und dann entdecke ich, an meine Tasse gelehnt, einen Briefumschlag, auf dem mit einer großzügigen Handschrift mein Name steht. Es ist nicht Elkes Handschrift, sie schreibt in sehr kleinen, ordentlichen Buchstaben. Ich kenne diese Handschrift nicht und weiß doch sofort, von wem dieser Brief ist.

Wie kommst du zu diesem Brief? Meine Stimme ist hart.

Er hat ihn vorgestern persönlich vorbeigebracht, sagt sie, und ich glaube, es ist dringend.

Und deswegen jagst du mich wie der Teufel hierher? Wieso hast du den Brief überhaupt angenommen?

Na hör mal, sagt sie empört, ich lasse doch Sean McLoud nicht einfach so vor der Tür stehen. Ich dachte, er wollte mich vielleicht wiedersehen.

Aber ich bin in diesem Moment nicht für blöde Witze, sondern greife nach dem Brief, stehe auf.

Gehe ins Wohnzimmer, den Brief fest an mich gedrückt, und setze mich in Elkes katzenbehaarten Fernsehsessel, um von drei Seiten Halt zu bekommen.

Erinnerst Du Dich an die Nacht, als wir auf der Wiese lagen, das Feuer war nur noch eine leise Glut und wir sahen die Sterne wie zum ersten Mal im Leben.

Ich habe keine eigenen Worte mehr, ich muss mich der Worte eines anderen Menschen bedienen, um Dir sagen zu können, wie unendlich ich Dich vermisse. Ricarda, liebste Ricarda

Wie denn
soll ich vergessen,
dass du mich liebtest,
dein Angesicht, sternüberströmt
deine Stimme und
deine Tränen,
und wie denn dein Herz
auf dem meinen?
Es ist ja dein Pulsschlag
Noch immer im Raum,
auch wenn du lange schon fort bist,
und deine Worte,
die nur mit den Augen
geschwiegenen,
überstürzen mich noch,
die beklemmende Leere
des Abends anfüllend
mit Liebe und mit nichts als
nur Liebe

Ich bitte Dich, sage mir, wenn Du das wirklich kannst: Sean, ich will dich nie wiedersehen. Sage mir, wenn Du das wirklich kannst: Sean, ich empfinde nichts für dich. Sage mir, wenn Du das wirklich kannst: Sean, ich denke nicht an dich, ich vermisse dich nicht, ich sehne mich nicht nach dir. Sage es mir, ich bitte Dich, von Angesicht zu Angesicht. Sonst kann und will und darf ich es nicht glauben.

Sean

Ganz verschämt unten am Rand eine Telefonnummer.

Ich blieb lange Zeit bewegungslos sitzen, den Brief in der Hand, und wehrte alles ab, was da gleichzeitig an Gefühlen in mir hochkochte. Mein kluger Körper. Die Tränen liefen von ganz allein. Ich sprang auf, rettete mich in die Wut und raste hinüber zu Elke, die geduldig in der Küche auf mich wartete. Ich schrie sie an: Du hättest dir diese ganze verdammte Inszenierung sparen können, und: Ich gäbe alles dafür, diesen Brief nie bekommen zu haben.

Sie ließ mich toben und brüllen, bis mir die Luft ausging und ich mich zu ihr an den Küchentisch setzte, ihr den Brief hinhielt: Da, lies ihn selbst. Sean lässt mir keinen Ausweg, ich muss mich stellen und ich kann das nicht, weil ich ihn liebe, weil ich mit fliegenden Fahnen zu ihm überlaufen will, weil ich Bruno für ihn im Stich lassen würde, weil ich alles an Anstand und Moral über Bord werfen werde, nur um mit Sean zusammen sein zu können. Ich fürchte mich vor mir selbst, weil ich mich seit Wochen nur noch frage, wie ich es anstellen soll, ihn zu sehen.

Elke stand auf und zog mich in ihre Arme. Mein liebes kleines Mädchen. Wiegte mich, als wäre ich noch immer das kleine Kind von früher. Ich weinte wie dieses Kind, das ich einmal war, und ihre Gegenwart war tröstlich. Ich wusste, sie würde mir wie immer helfen. Alles würde irgendwie wieder gut werden.

Na, sagt Elke, als ich mir die Kaffeekanne grapsche, ist der hysterische Anfall jetzt vorbei? Sie nimmt mit ihrem Lächeln dem Drama den Stachel. Ich sehe ein, sagt sie, es war ziemlich viel für dich und es ist auch nicht die feine Art, dich so zu überrumpeln, aber ich habe keine andere Möglichkeit gesehen.

Sie hat ja Recht. Ich war es, die Sean zum Tabuthema erklärt hat. Sie hatte keinen blassen Schimmer, mit welcher Besessenheit ich an ihn dachte und seit Wochen überlegte, wie ich es anstellen könne, ihn zu sehen, ohne mich bis auf die Knochen zu blamieren. Stell dir mal vor, sage ich zu Elke, eine Frau von sechzig Jahren, die hinter einem zumindest im Ausland bekannten, deutlich jüngeren Schauspieler her ist. Das ist doch nur eklig.

Hm, sagt sie, wedelt mit dem Brief, den sie immer noch in der Hand hält, die Wirklichkeit sieht aber ganz anders aus. Er war vorgestern ziemlich lange bei mir. Sean rennt hinter dir her. Ihr wollt eindeutig beide ein Wiedersehen. Ricarda, Sean liebt dich und ich schwöre dir, du wirst dich nicht im Geringsten blamieren, wenn du ihn anrufst. Er wartet so sehr darauf. Nichts an alledem ist einseitig oder lächerlich.

Es dauerte viele Tassen Kaffee, mehrere Kuchenstücke und ein Leberwurstbrot, bis ich alles aus Elke herausgepresst hatte. Ich wollte jedes einzelne Wort hören, wollte wissen, wie er ausgesehen hatte, was er anhatte, seine Gestik und Mimik. Immer wieder fragte ich: Das hat er wirklich gesagt? Meinst du, das war ehrlich gemeint? Bis Elke irgendwann völlig erschöpft sagte: Dann ruf ihn an, und zwar auf der Stelle, und frage ihn, ob er es gesagt hat, ich kann nicht mehr. Das ist ja wie im Kreuzverhör.

Elke ging ins Bett und ich eine Runde durch das nächtliche Dorf. Ich steckte fest, es gab kein Vorwärts, noch nicht, aber zurück konnte ich auch nicht, es würde mir nicht noch einmal gelingen, Sean aus meinen Gedanken zu verbannen. Ich wollte es auch gar nicht. Also ein Wiedersehen? Ich hatte die große Auswahl: Telefon, Email, Skype, SMS, Brieftaube, Buschtrommel. Früher war es einfacher, da gab es nur Telefon oder Brief, heute ist die Auswahl viel zu groß für arme verwirrte Idiotinnen, die den falschen Mann lieben. Ich muss ja nicht beweisen, dass ich nicht von gestern bin, dachte ich, und außerdem hat er mir seine Nummer auf den Brief geschrieben, das ist doch eindeutig die Aufforderung, ihn anzurufen.

Am Morgen wache ich frohgemut auf und zuerst verwirrt mich meine gute Laune. Immerhin ist es Februar. Dann kommt langsam die Erinnerung an den gestrigen Tag. Klar, Sean war bei Elke und da ist dieser Brief, nach dem ich schnell taste, um mich zu vergewissern, ob er real ist. Nein, ich spinne nicht.

Sean liebt mich, Sean hat mich nicht vergessen, tanze ich die Stufen hinunter in die Küche. Elke sieht mir forschend in die Augen: Aha, sagt sie, im linken Auge steht eindeutig Sean und lass mal sehen, im rechten auch. Sie verzieht ihr Gesicht zu ihrem typischen Schaukelpferdgrinsen. Das beruhigt mich, sagt sie, denn anscheinend hast du endlich kapiert, was Sache ist. Es handelt sich hier nämlich schlicht und ergreifend um Liebe und nicht um ein Melodram, das zwangsläufig mit Heulkrämpfen einhergeht, du doofe Nuss.

Ich lache sie aus, küsse sie auf ihre roten Bäckchen, wirble vergnügt durch die Küche und bin von einer Ausgelassenheit, die mich selbst in Erstaunen versetzt.

Hast du eine Ahnung, wo Sean überhaupt steckt?

Ja, er hat mir gesagt, dass er sich gerade in England zu einem Dreh aufhält, aber nicht wo und auch nicht wie lange.

Ich muss also auf gut Glück diese Nummer anrufen, und mir bleibt nichts anderes übrig, als meinen ganzen Mut zusammenzunehmen. Kein Aufschub mehr. Herrgott, bin ich zittrig. Ich vertippe mich mehrmals, schaffe es im dritten Anlauf doch und höre das Tuten. Ich und sechzig? Eher sechzehn, so kommt es mir jedenfalls vor. Ob er überhaupt rangeht, wenn er eine fremde Nummer sieht? Ich habe diesen Gedanken noch nicht ganz zu Ende gedacht, da ist schon seine Stimme in meinem Ohr, das sich glühend heiß an mein Handy drückt.

Englisches Hello mit fragendem Unterton. Sean? Und dann ist er auf einmal ganz nah bei mir. Ricarda? Ja, Sean, Ricarda. Ricarda, endlich, endlich. Ja, Sean, es wurde höchste Zeit. Stammeln, Pausen, Seufzer, schnelle Fragen, einander unterbrechend, lachend und immer wieder dieses sich vergewissern. Sean? Ricarda? Bist du noch da?

Nein, die Welt stürzt nicht über mir zusammen, es bedarf nur unserer Namen und danach ist alles so viel leichter.

Sean

Bin ich denn komplett wahnsinnig geworden? Sie kommt nach London. Sie kommt zu mir und ich Trottel habe nicht gleich kapiert, was das tatsächlich bedeutet. Ich habe nur ihre Zusage mitbekommen und das war das Wichtigste. Leider habe ich in meiner Freude nicht in Erwägung gezogen, dass ich zwar in London eine Wohnung habe, aber kein Zuhause. Ich habe überhaupt kein Zuhause mehr, seit ich meine „Aldebaran“ an Murray verkauft habe, und in diese Londoner Abstellkammer werde ich Ricarda garantiert nicht hineinlassen. Was soll sie denn von mir denken? Nein, wir werden in ein schönes Hotel gehen. Ach was, ich fliege rüber und treffe mich mit ihr in Deutschland, das ist einfacher.

Ricarda? Du kannst nicht kommen, rufe ich sie hektisch an. Ich komme rüber.

Als ich ihr erkläre, warum sie nicht kommen kann, höre ich hocherfreut ihr ansteckendes Lachen, sie sagt: Mach′ dir nicht ins Hemd, ich komme doch nicht, um deine Wohnung zu inspizieren, sondern um dich zu sehen. Dann ganz anzüglich: Ein Bett wirst du doch wohl haben? Klar habe ich ein Bett und es ist sozusagen jungfräulich. Gut, eigentlich ist es mehr eine Ausziehcouch, die zu kurz für mich ist und auf der ich vielleicht viermal geschlafen habe, aber immer allein. Ich frage mich ernsthaft, ob wir zusammen draufpassen. Gut, Ricarda ist nicht besonders groß, es könnte gehen.

Notfalls auf einander. Wo zum Teufel ist nur meine Coolness geblieben? Wenn es um Ricarda geht, kann ich einfach nicht souverän und gelassen bleiben. Ich gestehe es ihr und sie meint, das ist völlig normal, wenn man vom hohen Ross direkt auf den Kopf knallt. Das kann dir nur guttun, sagt sie ganz frech, denn was ich so über dich rausgefunden habe, zeigt mir, dass du wahrscheinlich ein Mistkerl bist, oh Verzeihung, warst. Was hast du denn über mich herausgefunden, will ich wissen, aber sie kichert nur vielsagend.

Gut, was mache ich also mit meiner Rumpelkammer? Ich sitze hier in Cornwall fest, kann frühestens am Freitagabend in London sein und hole sie am Samstag um halb elf in Heathrow ab. Karen, ich könnte Karen anrufen. Meine kleine Schwester Karen lebt in Chiswick, ist mit einem Immobilienmakler verheiratet, hat zwei entzückende Kinder und einen Labrador aufgezogen. Sie hat nicht nur eine Putzfrau für ihr viktorianisches Reihenhaus, sondern auch einen guten Geschmack.

Ich habe Glück, Karen ist von meinem Auftrag begeistert: die Horrorkammer auf Vordermann bringen, und ihr geiziger Bruder lässt ihr freie Hand. Jetzt wird sie sich dafür rächen, dass ich ihr früher immer unbrauchbaren, selbst gebastelten Kram geschenkt habe. Das wird ins Geld gehen. Ach was, ist egal, es geht immerhin um Ricarda. Lebensmittel will ich am Freitagabend selbst besorgen. Ich werde ihr etwas Leckeres kochen, muss nur Karen noch sagen, dass sie die Küche auch aufrüsten soll. Der Wasserkocher und die vier Teetassen reichen nicht, auch wenn wir essen gehen können. Karen, das arme Kind, platzt fast vor Neugier auf diese Wunderfrau, die ihren Bruder in ein nervöses Bündel Mensch verwandelt hat, das jeden Tag dreimal anruft, um sich zu vergewissern, ob sie ihrer ehrenvollen Aufgabe auch gerecht wird.

Nein, du wirst sie dieses Mal noch nicht kennenlernen. Sie kommt am Samstag und kann nur bis Sonntagabend bleiben. Ja, ich habe mich mit dem Teilen schon immer schwergetan und nein, ich bleibe dabei: Ich will mit ihr allein sein. Du brauchst mich jetzt überhaupt nicht zu erpressen und glauben, du könntest meine Notlage ausnutzen. Immerhin reibst du dir ohnehin vor Vergnügen die Hände, weil du dich auf meine Kosten in der Abstellkammer austoben kannst. Das muss fürs erste reichen. Wehe, du kommst auf die Idee, mich zu blamieren. Also kein Pink und Plüsch und Kronleuchter, du kleine Mistgöre. Nein, auf keinen Fall ein goldenes Himmelbett mit Spiegeln, trample nicht so auf meinen armen Nerven herum. Ich weiß, du rettest mich und dafür bin ich dir auch für immer und ewig dankbar.

In den letzten Drehtagen bin ich wieder der alte, diszipliniert, immer gut gelaunte Sean, der Regisseur freut sich darüber, wie schnell Mum sich erholt hat.

Als ich am Freitagabend ganz vorsichtig die Tür aufschließe, habe ich zuerst das Gefühl, mich in der Wohnung geirrt zu haben. Die Einzimmerwohnung hat knapp 45 Quadratmeter mit Miniküche und Bad. Karen hat ein Wunder vollbracht. Die Ausziehcouch ist verschwunden und durch ein bequemes Sofa ersetzt worden. Der wackelige Kleiderschrank fehlt auch und an seiner Stelle steht ein neuer Schrank, der sich als genial entpuppt: Man kann ein Bett ausklappen. Ich probiere es sofort aus: Meine Füße hängen nicht drüber und es ist groß genug für zwei, die einander ganz nah sein wollen. Mein Schwesterlein hat sogar zwei Decken und zwei Kissen mit dezenter Wäsche bezogen. Ich schnuppere daran und bin zufrieden. An den frisch geputzten Fenstern hängen nun tatsächlich Gardinen. Karen hat den Raum durch Teppiche in verschiedene Zonen aufgeteilt und sogar daran gedacht, dass ich einen Tisch und Stühle brauche, damit wir beim Essen nicht auf dem Boden oder auf der Couch sitzen müssen. Sie hat wirklich einen guten Geschmack, an den Wänden hängen Bilder und auf dem Tisch steht eine Vase mit Blumen. Es sieht gemütlich aus, zum Wohlfühlen. Karen ist ein echtes Organisationstalent. Aus der Besenkammer ist ein kuscheliges Nest geworden, das ich früher argwöhnisch betrachtet hätte, um gleich wieder abzuhauen, so sehr sieht es nach Bleiben aus. Verwundert schaue ich mir die kleine Stereoanlage an und die Auswahl an CDs. Aha, Karens Rache: Frank Sinatra und deutsche Volksmusik. Na gut, das kann ich verschmerzen. Zum Glück hat das freche Balg auf einen Fernseher verzichtet. Wir haben anderes zu tun, als fernzusehen. Ich inspiziere die Küche: alles da und alles schön normal, nichts übertrieben. Kleine Töpfe mit frischen Kräutern auf der Fensterbank, ordentliches und praktisches Geschirr, kein Firlefanz. Karen kennt mich besser, als ich es für möglich gehalten habe.

Das verdreckte Bad ist geschrubbt, das Weiß und Blau der Kacheln wiederholt sich bei den Handtüchern und den

Vorlegern, ein Männerbad, in dem alles steht, was man braucht und in den Schränken, was Frau braucht. Ich bin beeindruckt, rufe sie sofort an. Meine Stimme ist vor lauter Rührung ganz kratzig. So kann sich die Besenkammer sehen lassen. Sie kichert ihr Karen-Hexenlachen und sagt, warte erst einmal die Rechnung ab, wahrscheinlich musst du die Wohnung wieder verkaufen. Egal, dann verkaufe ich sie wieder, ihr Wert hat sich sowieso mehr als verdoppelt. Pfeifend ziehe ich los und stopfe mir die Tüten mit Delikatessen und teuren Getränken voll. Macht nichts, ich bin im Rausch der Vorfreude und frage mich, wie ich die wenigen Stunden noch rumbringen soll, die mich von unserem Wiedersehen trennen.

Hannes, der gemeinsam mit mir vom Dreh nach London gefahren ist und gleich weiter zum Flughafen wollte, ruft mich an und fragt, ob ich schon etwas vorhabe. Sein Flug ist ausgefallen und er hat sich entschlossen, erst morgen früh nach München zu fliegen. Hannes weiß nichts über Ricarda, ich habe außer Karen niemandem von ihr erzählt. Eines Tages wird er es schon erfahren, denn immerhin habe ich Ricarda nur kennengelernt, weil er mir sein Häuschen so großzügig zur Verfügung gestellt hat. Ich lade ihn spontan ein. Eine Stunde später steht er in der aus Ruinen auferstandenen Kammer und staunt mit offenem Mund. Wer ist die Frau, die hinter dieser Verwandlung steckt, bohrt er. Das hast du doch nie im Leben selbst eingerichtet. Wo ist denn die grässliche Couch geblieben? Die ist mir beim Bumsen einmal fast durchgekracht. Komm, alter Junge, sag mir, wer ist diese Lady?

Sie ist einige Jahre jünger als ich, sehr hübsch, aber leider verheiratet und hat zwei Kinder, einen Hund und ein Reihenhaus. Na, sagt er, das ist doch das Beste, was dir passieren kann, eine frustrierte Ehefrau, die was fürs Bett braucht. Ist ihr Mann wenigstens reich? Ich wiege den Kopf hin und her, na, es geht so, arm nicht gerade. Siehste, sagt er, dann wird sie auch nicht klammern. Ist sie wenigstens intelligent oder nur hübsch, blond und hat große Titten? Wäre sie auch was für mich?

Hm, sage ich, weiß ich nicht so genau, eher nicht und ich glaube, ich würde dir die Fresse polieren, wenn du was mit ihr anfängst. Ihr Mann ist nämlich wirklich ein netter Kerl und zufällig mein Schwager.

Es dauert einen Moment, bis er es kapiert und dann lacht er lauthals los. Aber es muss doch einen Grund für deinen Sinneswandel geben, oder willst du die Wohnung möbliert vermieten?

Ich antworte nicht darauf, sondern gehe in die Küche, hole uns etwas zu trinken und aus dem riesigen Vorrat einige Leckereien. Leider bedenke ich seine Spürhundnase nicht. Er weiß ganz genau, wie viele Flaschen Bier üblicherweise in meinem Kühlschrank stehen. So ein Mist, denke ich, als ich seinen Blick sehe. Ganz still ist er geworden, sitzt am Tisch und schaut sich im Raum um. Er hebt die Hand: Sag nichts, ich habe schon kapiert. Es ist was Ernstes. Was sehr Ernstes. Wir kennen uns nun schon mindestens fünf Jahre, haben viel zusammen gedreht, viel zusammen erlebt. Ich weiß, was es bedeutet, wenn ein Mann wie du auf einmal eine begehbare Wohnung und die Küche voller Delikatessen hat. Deswegen warst du in den letzten Monaten so fickrig. Jenny, die ich wirklich für total doof halte, hat darauf gewettet, dass du verliebt bist. Sie hat behauptet, du würdest alle Anzeichen aufweisen. Wenn sie recht hat, dann hast du ein Verhältnis mit Gail, oder?

Ich überlege, wer Gail ist. Ach ja, sie hat eine kleine Nebenrolle, ist wirklich lieb und wir haben oft zusammen herumgealbert. Er deutet mein Zögern in seinem Sinne. Ich korrigiere die falsche Fährte nicht und wir wechseln das Thema, denn über seine Ex und die Kinder, die in den USA leben, will er nicht reden. Da winkt er ab, diese Felle sind ihm endgültig davongeschwommen, weil Tina seine ewigen Seitensprünge nach dem letzten Tripper, den er ihr angehängt hat, endgültig satthatte. Außerdem kam sie mit seiner ewigen Zockerei ohnehin nie klar. Für Reue und Besserungsschwüre war es da einfach zu spät.

Das kommt davon, wenn ein Mann den Schwanz nicht in der Hose behalten kann. Dazugelernt hat er nicht, ich weiß von einer neuen Freundin, die er in Berlin hat. Isabell, ich habe sie einmal flüchtig kennengelernt. Heute will er unbedingt am späten Abend noch mit mir durch die Clubs ziehen, in der Hoffnung auf eine schnelle Nummer, aber ich lehne ab. Das ist das Allerletzte, worauf ich Lust habe. Ach, was muss Liebe schön sein, meint er spöttisch, als er geht. Denn mal viel Spaß mit der geilen Gail.

Jetzt ist die Zeitspanne, bis Ricarda kommt, auf ein erträgliches Maß geschrumpft. Im Einschlafen zähle ich noch einmal die Stunden bis zu ihrer Ankunft an den Fingern ab. Sieht ja niemand.

Elke

Ricardas Ausbruch erinnerte mich sehr stark an den Schnellkopftopf mit den Erbsen, der vor einigen Jahren auf meinem Herd explodiert war und meine Küche in ein grünes Inferno verwandelte. Wenn es vorüber ist, dann bleibt einem nichts anderes übrig, als die Sauerei zu entfernen und die Küche neu zu streichen. Danach sollte man tunlichst auf die Knie fallen und ein Dankgebet sprechen, weil man mit dem Leben davongekommen ist.

Ricarda hatte tatsächlich geglaubt, sie könne ihre Gefühle wegsperren, ohne irgendwelche Konsequenzen fürchten zu müssen.

Ich nahm sie ins Gebet, einfach weil ich will, dass sie glücklich ist. Auch wenn sie sich einigermaßen über Wasser hält, von Glücklichsein kann nicht einmal ansatzweise die Rede sein. Ich weiß, wie sie Sommer aussah, als sie Sean traf. Etwas von dieser Schönheit wurde wieder sichtbar, als sie mit ihm gesprochen hatte. Ich erwähnte es nebenbei und sie wurde vor Verlegenheit rot.

Mach jetzt Nägel mit Köpfen, sagte ich. Du siehst, deine Strategie war definitiv ein Schuss in den Ofen. Jetzt musst du dir etwas anderes überlegen. Triff ihn, geh mit ihm ins Bett und danach kannst du dir immer noch überlegen, was du machen willst. Aber lüg dich bitte nicht mehr an. Es ist weder eine Schande noch verwerflich, wenn man sich verliebt, sondern ein Geschenk des Lebens. Sei gefälligst dankbar dafür. Wenn du dich dem Ganzen weiterhin verweigerst, dann wird eines Tages eine biestige Alte aus dir, die aussieht, als würde sie ständig an einem Haufen Kacke schnuppern. Bei dieser Vorstellung mussten wir beide lachen.

Ihr ganz persönlicher Dampfkochtopf ist ihr um die Ohren geflogen. Endlich ist sie bereit, einen anderen Weg zu suchen. Schau dir dein Soll und Haben an und dann eröffne ein neues Konto und versuche, ins Plus zu kommen. Wenn du Bruno abschreiben musst, dann tu das. Er hätte es verdient, wenn du ihn verlassen würdest.

Oh weh, Bruno ist der wunde Punkt. Ich steche mittenrein ins Wespennest, wie es meine Art nun mal ist.

Er hat geweint, als ich ihn in die Kurzzeitpflege gegeben habe, sagt sie gequält. Er hat Angst, weil ich mich gegen ihn zur Wehr setze und mich nicht länger seiner Tyrannei beuge. Er nimmt wohl an, ich hätte vor, ihn abzuschieben.

Nein, bestätige ich, das wirst du nicht und das musst du nicht. Es gibt nicht nur schwarz und weiß, auch wenn du das glaubst. Du kannst nach Kompromissen suchen, nach Möglichkeiten.

Sie verteidigt ihre moralischen Ansprüche an sich selbst. Ich will keine Rechtfertigungen hören. Das hat sie mir gegenüber nicht nötig. Sie ist meine kleine Schwester und sie kann tun und lassen, was sie will. Ich werde es immer gutheißen, solange sie glücklich ist.

Du willst doch nur mit Sean zusammen sein, beharre ich. Ich sehe weder Mordgedanken Bruno gegenüber, noch willst du ihn wirklich abschieben. Abgesehen davon, erfüllst du deine Pflichten tadellos. Er hat die beste Pflege, es mangelt ihm an nichts. Außerdem hast du nicht vor, die Mäuse auf dem Tisch tanzen zu lassen oder mit zahlreichen Liebhabern wüste Orgien zu feiern, während er darbt.

Ricarda hört sich das alles an und ich sehe ihr Schwanken. Gut, denke ich mir, dann bekommst du jetzt noch ein anderes Häppchen serviert.

Ich nehme sicherheitshalber ihre Hand und sage, ich finde es gut, wie es gekommen ist. Das macht dich menschlicher. Sie schaut mich erstaunt an und ich fahre fort. Ja, du bist eine vorbildliche Pflegerin, das kann niemand bestreiten, aber ich finde, du hast dir in der letzten Zeit den Heiligenschein moralischer Überlegenheit aufgesetzt, und dieses edle Verzichten auf die Liebe, das steht dir nicht. Denke daran, wie glücklich du mit Bruno warst. Meinst du wirklich, der Bruno, den du damals geheiratet hast und mit dem du auf Augenhöhe gelebt hast, würde dich gerne unglücklich sehen? Die Ärzte haben dir erklärt, dass es bei Schlaganfällen zu Persönlichkeitsveränderungen kommen kann. Du hast über seine Affären hinweggesehen, weil du dir seiner immer sicher warst, hast sie ihm in deiner Großzügigkeit gegönnt, weil du selbst den Gockel in ihm geliebt hast. Warum kannst du dir nicht auch mit derselben Großzügigkeit begegnen? Oder hast du vergessen, dass du ihn vor seinem Schlaganfall wegen seiner Eifersucht verlassen wolltest? Du warst sauer auf ihn, weil er keinen Grund hatte, dich mit seiner Eifersucht zu verfolgen. Deswegen wolltest du ihn verlassen. Hast du das vergessen? Warum bist du geblieben?

Sie macht ein verdrießliches Gesicht. Ach, das weißt du doch, sagt sie, weil ich ein schlechtes Gewissen hatte, weil ich dachte, er stirbt, wenn ich gehe. Ja, und weil ich mir sicher bin, dass er mich im umgekehrten Fall auch nicht verlassen hätte.

Gut, sage ich, das mag sein. Wissen kannst du das aber nicht. Trotzdem kannst du dir woanders holen, was du brauchst.

Aber ich will keine Geliebte sein.

Wie eine nörgelnde Göre kommt sie mir vor: Nein, ich esse keinen Broccoli, igitt, nein, will ich nicht, mag ich nicht.

Ich äffe sie nach. Nein ich will keine Geliebte sein, ich will auch nicht lieben und geliebt werden, ich will die Zeit zurückdrehen und meinen alten Bruno wiederhaben, ich will, ich will, ich will.

Menschenskind, Ricarda, du bist sechzig. Dein Bruno hat irreparable Schäden durch den Schlaganfall abbekommen. Es besteht keine Aussicht auf Besserung. Dein altes Leben mit ihm ist vorbei und du führst dich auf wie ein Kind. Werde gefälligst erwachsen und hör´ zum Teufel endlich auf, dich selbst zu kasteien. Arrangiere dich mit dem, was nun mal ist. Wo ist denn die Ricarda hin, die immer das Beste aus allem gemacht hat?

Sie windet sich, aber ich lasse sie nicht aus meinen Fängen.

Ich will ihre Bedenken zerstreuen, sie dazu zwingen, endlich sich selbst nachzugeben und wieder zu leben. Na und, sie ist sechzig und er ist jünger, na und, sie ist gebunden, na und, er ist bekannt und sie nicht.

Ich fixiere sie und schnaube: Du warst nie ein Anhängsel von irgendjemandem und du wirst auch nicht das Anhängsel von Sean werden. Ich finde, du solltest endlich den Mut haben, zu dir zu stehen und diese Liebe selbstbewusst zu leben. Wer hätte denn das Recht, den ersten Stein zu werfen?

Sie ist meinen Argumenten nicht gewachsen, denn jeden ihrer Einwände schiebe ich wie ein Bulldozer mit mindestens zwei Gegenargumenten beiseite, bis ich sie soweit habe, dass sie bereit ist, alles in Erwägung zu ziehen, was sie bisher ausgeblendet hat.

Finde heraus, was dich und Sean verbindet und verdammt, wenn es nur schöner Sex ist, dann ist es eben nur schöner Sex und wenn du siehst, es könnte Liebe sein, dann ist es eben Liebe. Aber bitte, Ricarda, bitte, beende diesen halbtoten Zustand, in dem du dich eingerichtet hast, und komm in die Wirklichkeit zurück. Nur, weil das Leben mit Bruno vorbei ist, ist doch dein Leben nicht zu Ende. Sie fängt an zu heulen, etwas, was ich bei ihr nur selten erlebe, und ich streichle ihre Hand. Mein Ton wird deutlich milder. Du bist erwachsen, du kannst eigene Entscheidungen treffen. Also triff sie.

Sie schaut mich verwirrt an. Habe ich mich wirklich so verrannt? Du hast Recht, ich war früher anders, aber irgendwie haben die letzten beiden Jahre alles zugeschüttet. Vor lauter Bruno und schlechtem Gewissen habe ich vergessen, wer ich bin. Ich habe das Gefühl, durch seine dauernden Anschuldigungen und Beleidigungen immer kleiner und mickriger zu werden. Mit Sean zusammen war ich einfach nur ich selbst und habe mich überhaupt nicht gefragt, ob die Tage mit ihm nun moralisch oder unmoralisch sind. Als ich wieder nach Hause kam, war mir klar, dass ich Bruno niemals verlassen werde. Natürlich habe ich damals darüber nachgedacht, ob ich auch noch ein Leben habe.

Sie schaut mich an. Ich wusste nur, wenn ich das eine nicht wegsperre, halte ich das andere nicht aus. Es holt einen alles wieder ein. Das hatte ich vergessen. Ja, ich werde mich mit Sean treffen und dann weitersehen, aber glaub mir, es ist keine einfache Entscheidung und ich bin mir nicht wirklich sicher, ob ich richtig handle.

Ricarda

Ich staune über mich selbst. Nach einer gründlichen Selbstinspektion habe ich epiliert und rasiert, pedikürt, manikürt, gepeelt und gecremt, geschmirgelt, und die Schraube am Hinterkopf habe ich auch neu justiert. In einem Inserat für Gebrauchtwagen hätte ich als „gepflegter Oldtimer" stehen können. Brunos Anmerkung, die Hure geht auf Männerfang, habe ich einfach ignoriert. Er erreicht mich mit seinen Worten nicht mehr. Offiziell besuche ich Rose in London. Wahrscheinlich sehe ich zwar keinen Tag jünger aus als meine sechzig Jahre, aber mit etwas Glück hat Sean in seiner Rumpelkammer nur Kerzenbeleuchtung, und die soll angeblich wie Weichzeichner wirken.

Auf dem Flug nach Heathrow bin ich froh über diese Zeitspanne, die mir bleibt, mein normales Leben mit jedem Kilometer hinter mir zu lassen. Dieser Flug scheint mich aus der Zeit herauszunehmen. Es ging alles ziemlich schnell, musste ziemlich schnell gehen, denn ich will nun endlich wissen, woran ich bin.

Ich schmunzle in mich hinein, jetzt bin ich wirklich auf dem Weg zu Sean und habe keinen blassen Schimmer, was mich da erwartet. Aber er hat meine Bedenken zerstreut, und deswegen bin ich mutig genug, diese kleine Reise zu wagen. Ich empfinde meine Aufregung als sehr belebend. Der Nervenkitzel eines heimlichen, gezielt geplanten Ehebruchs. Hat was, muss ich zugeben.

England empfängt mich bilderbuchmäßig mit Ekelwetter. Aber gut, lächle ich, ich will ja kein Sightseeing in London machen, sondern Seanseeing, da kann mir das Wetter egal sein. Ich hole meinen Trolley vom Band, und als ich durch die Tür gehe und Sean, der alle anderen überragt, erspähe, da ist alle Aufregung wie weggeblasen. Unsere Blicke treffen sich und es ist ein Heimkommen. Ich bin so froh darüber. Als wir uns in die Arme fallen, ist da keine Spur vom Fremdeln oder Verlegenheit, sondern nur die schiere Freude. Die spüre ich auch bei ihm, sehe sie in seinen strahlenden Augen und seinem Lachen. Er ist hinreißend, unwiderstehlich. Wir schweben auf rosaroten Wölkchen, die so gar nicht zum Londoner Schmuddelwetter passen wollen, in Richtung Taxistand. Sean zieht mein Köfferchen wie einen ungezogenen Hund hinter sich her, während er den freien Arm um meine Schulter gelegt hat und mich auf eine Weise festhält, die deutlich sagt: He, schaut her, sie ist wirklich gekommen und jetzt lasse ich sie so schnell nicht mehr los. Beim Einsteigen bemerke ich aus dem Augenwinkel zwei Frauen, die ihn offensichtlich erkannt haben. Zwei aufgeregte Fans, die Sean McLoud unverhofft in natura sehen. Immerhin sind sie so nett und lassen ihn in Ruhe. Er sieht auch nicht hin, sondern bugsiert mich ins Taxi, und dann habe ich sie auch schon wieder vergessen. Der kleine Augenblick der Erkenntnis, dass Sean nicht einfach nur Sean ist, sondern sein ganz spezielles Leben hat, bleibt als Haftnotiz irgendwo im Hinterkopf kleben: Nicht vergessen, wir haben beide unsere eigenen Leben, die nichts miteinander zu tun haben.

Die Taxifahrt dauert ihre Zeit, aber das bekomme ich nicht mit. Wir sitzen da, halten uns wie Kinder an den Händen und bestaunen uns, als sei der andere eine Art Weltwunder. Ich taste nach den vier Fältchen neben seinem Ohr und flüstere: Ah, sie sind noch da. Er schnuppert vorsichtig an meinem Nacken: Ah, ich würde dich unter allen Frauen der Welt an deinem Ricardaduft erkennen. Wir strahlen uns an, wagen es aber nicht, uns zu küssen, das wäre zu intim in einem Taxi. Wir wollen das Küssen nur für uns haben. Seine Hand auf meinem Oberschenkel und meine Hand auf der seinen, und ich sage kichernd: Du hast Hände wie Klodeckel und ich hatte ganz vergessen, wie groß du bist. Er lacht und sagt: Und deine Hände sind wie Kinderpatschehändchen, ich hatte vergessen, wie klein du bist, und ich sage: Das ist eine Gemeinheit, ich habe wunderschöne Hände und keine Kinderpatschehändchen. Wir kichern zusammen, um diese Spannung abzubauen, die immer greifbarer wird. Dieses machtvolle Kribbeln, diese wild mit ihren zarten Flügeln schlagenden Schmetterlinge im Bauch.

Nach einer halben Ewigkeit ist die Taxifahrt überstanden und auch der Weg in seine Wohnung und die Fahrt mit dem Aufzug. Er sperrt die Tür auf, willkommen in meiner begehbaren Abstellkammer, und hält mir die Tür auf.

Kaum sind wir drin und die Tür ist zu, komme ich überhaupt nicht zum Schauen, so schnell liegen wir uns schon in den Armen und küssen uns. Im Nu liegt ein Großteil unserer Klamotten am Boden. Wir küssen und tasten uns bis zur Couch. Meine Bandscheiben sind mehr als dankbar, denn die Couch ist offensichtlich mit Bedacht gewählt und für unsere Zwecke hervorragend geeignet, wenn auch ein wenig schmal geraten. Aber im Eifer des Gefechts stört uns das genauso wenig wie einen Verdurstenden, dem es egal ist, ob das Wasser aus dem Tümpel oder der Karaffe kommt. Danach ist es doch ein wenig zu eng auf der Couch, um nebeneinander zu liegen, und ich schaue mich fragend um: Sag mal, hast du kein richtiges Bett? Er steht auf, geht zum Schrank, verbeugt sich und klappt mit einer besonders elegant gemeinten Handbewegung das Bett herunter, macht es zurecht, während ich seinen schönen Po wohlgefällig betrachte und den Rest dieses Herrn auch. Mühelos hebt er mich hoch und trägt mich feierlich zum Bett, weil er, wie er sagt, vergessen hat, mich über die Schwelle zu tragen. Wir liegen da, der erste Durst ist gestillt und wir halten uns, streicheln uns und schauen uns unentwegt an, so als müssten wir uns ständig vergewissern, dass das alles tatsächlich passiert. Bis wir ins Reden kommen und nicht mehr damit aufhören können. Wir reden beim Duschen, beim Pinkeln, beim Essen.

Darüber, wie er Rumpelkammer oder Abstellraum definiert oder Liebe, Beziehung und Freiheit. Wir haben so viel nachzuholen, nicht nur all das, was wir bei unserer ersten Begegnung ausgeklammert haben. Welch´ Geistes Kind ist er? Wie sieht er das Leben? Wir tauschen uns aus, präsentieren unsere Leben wie kostbare Geschenke. Diese beiden Leben voller Irrwege, mit ihren Höhen und Tiefen. Immer wieder werden wir von den sich plötzlich auftürmenden Wellen des Begehrens unterbrochen, schlafen zwischendrin ein, einer im Arm des anderen, und die Zeit rast uns davon. Mit einem Mal ist es Sonntag früh und in einigen Stunden werde ich wieder im Flugzeug nach München sitzen. Wir kriegen gleichzeitig die Panik und weinen gemeinsam, um anschließend über unser Geweine zu lachen. Ein Mann, der weinen kann und seine Tränen nicht lächerlich machen muss. Wir frühstücken artig und hinterher können wir wieder herumalbern und kindisch sein. Ich sitze auf seinem Schoß und wir füttern uns, küssen uns und lecken uns gegenseitig die bittere Orangenmarmelade von den Mündern. Ich ziepe ihn an dem Fell auf seiner Brust und er macht den Werwolf, bis ich kreische. Er legt mich über seine Schulter und schleppt mich ins Bett. Meine Beute, knurrt er überzeugend, und ich beiße ihn überall dort, wo es gut tut und Spaß macht.

Erwachsene, die die fünfzig überschritten haben, verhalten sich anders, aber wir sind ja unter uns und niemand kann uns beobachten oder unser Tun beurteilen. Im Laufe des Tages kommen wir wieder auf den Boden und ins ganz und gar Erwachsensein zurück. Die Zeit rast immer schneller und wir wissen beide, wir müssen über das Danach sprechen. Einfach deswegen, weil es unzweifelhaft ein Danach geben wird. Wir haben uns beide sehr weit aus dem Fenster gelehnt, sage ich zu ihm. Ich stehe am Fenster, Sean den Rücken zugewandt, und schaue hinaus auf den Park. Wir leben in so unterschiedlichen Welten, uns trennen eingefahrene Gewohnheiten und Denkweisen, sage ich, um ihm deutlich zu machen, welches Ausmaß an Unvereinbarkeit ich sehe. Er tritt hinter mich, ich spüre seine Wärme, obwohl er mich nicht berührt. Dann legt er die Arme um mich und wir stehen da. Ich spüre in meinem Körper wieder dieses Vibrieren, vergleichbar mit schwachem Strom, der sich im ganzen Körper verteilt. Spürst du das auch, frage ich und ahne sein Nicken.

Reine Energie, sagt er und: Natürlich haben wir beide unsere Leben. Es wäre schrecklich, wenn es anders wäre. Lass uns einfach herausfinden, ob wir in der Lage sind, in unseren Leben einen neuen Raum füreinander zu schaffen. Ja, sage ich, das sollten wir versuchen, aber ich fürchte mich, in meinem Kopf sind schon wieder diese unzähligen Abers und Gehtnichts, all die Zweifel und Einwände.

Er dreht mich zu sich um und schaut mich mit einem Blick an, der weich vor Liebe und Zärtlichkeit ist. Sagt: Ich glaube, ich habe in diesem halben Jahr ohne dich viel gelernt. Ich bin keiner, der schnell lernt, ich brauche meine Zeit dazu, aber ich bin mir sicher, dass wir zusammengehören. Ich dachte, so etwas würde es in meinem Leben nie wieder geben. Ich werde dir auch gelegentlich erzählen, warum das so war. Ich habe es im Sommer, dort auf der Bank, so stark gespürt.

Bank, sage ich, denn mir fällt siedend heiß etwas ein. Ich mache mich los und ziehe aus meinem Koffer das Geschenk für ihn, das ich völlig vergessen hatte. Ich habe im Spätsommer ein wunderschönes Foto von der Obstwiese und der Bank gemacht, als unverfängliche Erinnerung. Das Bild habe ich in einen alten, vergoldeten Rahmen gesteckt. Es schien mir das einzig mögliche Geschenk für Sean zu sein. Ich gebe ihm das schön verpackte Bild, und als er das Geschenkpapier abgestreift hat, leuchtet er vor Freude.

Warte mal, sagt er, drückt mir das Bild in die Hand, lächelt, geht zur Garderobe, greift in seine Jackentasche und zieht ein Medaillon heraus, das an einer silbernen Kette hängt.

Er öffnet es und reicht es mir: darin ein kleines Foto der Obstwiese und der Bank. Es gibt doch vieles, was wir gemeinsam haben, meint er.

Ja, das scheint so zu sein. Er legt mir die Kette mit dem Medaillon um, küsst meinen Nacken, keine Sorge, ich will dich nicht an die Kette legen. Ich verspreche dir, alles zu tun, damit du glücklich mit mir sein kannst, egal wie lange es dauert, egal was auch passiert, Ricarda. Er wird ernst, ich weiß auch nicht, was das mit uns wirklich bedeutet, aber so eine Hölle wie das letzte halbe Jahr möchte ich nie wieder aushalten müssen. Bitte, lass uns versuchen, einen Weg zu finden, bitte. Noch vor einem Jahr hätte ich mir lieber die Zunge abgebissen, als so etwas zu sagen und schau, wie leicht es mir jetzt über die Lippen geht. Ich küsse ihn: Was bin ich froh. Du ohne Zunge?

Unvorstellbar.

So kann er zum Glück verständlich sprechen und mir ohne Gebärdensprache vermitteln, dass er nun bis Ende März keine Dreharbeiten mehr hat. Dann fliegt er nach Südafrika, um eine neue Staffel der Tropenarzt-Serie zu drehen, in der er mal wieder die Rolle des grimmigen Rangers spielt. Der Dreh ist auf acht Wochen angesetzt, das Team kennt sich und er wird voraussichtlich spätestens Mitte Juni wieder zurück sein. Wir sprechen ganz sachlich über Termine, planen, wann und wo wir uns treffen wollen, sind sehr vernünftig und versichern uns dauernd gegenseitig, wie wichtig es ist, uns alle Zeit der Welt zu lassen, um herauszufinden, was zwischen uns möglich ist. Als alles besprochen ist, widmen wir uns wieder vergnüglicheren Dingen und beinahe verpasse ich den Flug, weil wir unbedingt noch ausprobieren müssen, ob die Duschkabine für uns beide groß genug ist.

Im Flugzeug nach München lasse ich das kurze Wochenende Revue passieren, die viel zu knappe Zeit mit ihm. Die langen vier Wochen bis zum nächsten Treffen erscheinen mir wie eine Ewigkeit. Keine Ahnung, wie es weitergehen soll. Mit wachsender Entfernung und abnehmender Euphorie bin ich mir nicht einmal mehr sicher, ob es einen Sinn hat. Dieser innere Zwiespalt fängt schon jetzt sein Zermürbungswerk an. Immer wieder fasse ich nach dem Medaillon, das zwischen meinen Brüsten, über meinem Herzen seinen Platz gefunden hat und ganz warm ist.

Sean

Jetzt hatte ich Zeit, nach Inverness zu fahren, um endlich Dad wieder einmal zu besuchen. Seit ich die „Aldebaran" verkauft hatte, war ich nicht mehr bei ihm gewesen. Da er mein Vater ist und ich einen Großteil meiner Kindheit und Jugend bei ihm verbracht habe, weiß er, wie sehr ich das Alleinsein brauche, das Alleinsein in der Natur und auf dem Wasser.

Mum und Dad haben sich nie scheiden lassen, auch wenn er in Inverness blieb und sie mit uns Kindern zurück nach Hamburg zog. Beide leben ihr eigenes Leben und die Zeit der Kriege ist lange vorbei. Dad ist einer der wenigen Menschen, die im Alter tatsächlich an Weisheit gewinnen. Das hat ihm eine versöhnliche Einstellung zu Mum beschert, eine Art von Verständnis, die wir, seine Kinder, früher bitter nötig gehabt hätten. Wir haben lange darüber gesprochen, wie hart er mich an die Kandare genommen hat. Ich vertrage keinen Druck, da werde ich bockig. Mittlerweile hat er mir meine Rebellion und die Verweigerung einer akademischen Karriere verziehen und sich mit meinem Beruf ausgesöhnt. Ja, er behauptet sogar, stolz auf mich zu sein. Hin und wieder witzelt er über meine Größe und macht auch mal eine Anspielung auf seine Vaterschaft. Aber er ist mein Vater und die Größe hat einfach nur eine Generation übersprungen. Wir sehen uns trotz des Größenunterschieds sehr ähnlich und an ihm kann ich sehen, welches Ausmaß an

Glatze mich demnächst erwartet. Ich komme mehr nach Großvater Sean, während Dad sich als den kleinsten Highlander aller Zeiten bezeichnet und gerade mal einen Meter siebzig groß ist.

Ich erzähle ihm ausgiebig von Ricarda. Als ich fertig bin, mustert er mich fragend: Kannst du sehen, wie ähnlich deine Situation der von Mum und mir ist, als ich sie kennenlernte? Ich verstehe nicht, worauf er hinauswill. Mum ging mit ihm nach Inverness und weil er eisern darauf bestand, ließ sie alles hinter sich und passte sich seinem Leben an. Das ist gründlich schiefgegangen. Mach bloß nicht die gleichen Fehler, warnt er mich. Ich dagegen kann keine Parallelen sehen. Ricarda ist im Gegensatz zu Mum damals deutlich älter und außerdem verheiratet. Bruno zu verlassen, käme unter keinen Umständen in Frage. Nichts anderes hatte sie mir unmissverständlich klar gemacht. Auch würde sie nicht einmal die leiseste Andeutung von Druck tolerieren. Jaha, wieder eine Gemeinsamkeit. Ricarda ist nicht bereit, sich anzupassen, aber Mum hat sich so lange zurechtgebogen, bis sie fast zerbrach, und sich erst in letzter Sekunde gerettet. Die einzige Parallele, die ich sehen kann, ist meine verdammte Ähnlichkeit mit Dad, diese Sturheit, diese Zwiespältigkeit, was Frauen betrifft. Er hat Mum nicht sonderlich gut behandelt, und als bei ihm der Groschen fiel, da war sie schon unwiderruflich in ihre Heimatstadt Hamburg zurückgekehrt. Jetzt fragt er mich, ob ich denn aus meinem und seinem Leben etwas gelernt hätte. Da wird mir klar, es geht ihm überhaupt nicht um Parallelen, sondern ums Lernen. Einmal Lehrer, immer Lehrer. Dad hat mir beigebracht, wie ein Mann zu sein hat. Manches mag richtig gewesen sein, vieles war falsch. Die bittere Erfahrung mit Veronica verursachte bei mir den Dauerzustand von Trotz und Frauenverachtung, den ich über lange Jahre sorgsam kultiviert habe. Erst die völlig überraschende Begegnung mit Ricarda hat die Verkrustung aufgebrochen, mich völlig ausgehebelt. Das erzähle ich ihm und wie gut es mir tut, hier zu sein, um in aller Ruhe über mich nachzudenken.

Ich ziehe also bei Dad ins Gartenhaus, damit ich allein sein kann. Die Verbindung mit Ricarda ist durch Internet und Skype nah und fern zugleich. Ich kann sie über Skype sehen, mit ihr sprechen, ihr sagen, wie sehr ich mir wünsche, sie sei da. Leider ist ein Wiedersehen vor Mitte März ausgeschlossen. Wir versichern uns beinahe täglich, alle Zeit der Welt zu haben. Es ist nicht nötig, Druck zu machen, wir können alles langsam angehen lassen. Es wird wie eine Art Ritual der Beruhigung zwischen uns. So halten wir es aus. Ich helfe Dad bei dringenden Arbeiten im Haus, die er allein nicht mehr schafft, sehe Freunde und treibe mich in den Pubs herum. Zum Glück ist Inverness nicht die Welt, denn von der Welt da draußen habe ich mich erst einmal verabschiedet.

Meine Agentin hat meine Nummer und für alle anderen, außer für Ricarda, bin ich erst einmal unerreichbar. Das ist in Zeiten sozialer Netzwerke ein Luxus. Facebook habe ich mir bisher erspart. Das Einzige, was ich mache, ist, hin und wieder zu twittern, aber sehr sparsam. So bekomme ich erst über Karen das Bild mit, das im Netz aufgetaucht ist. Es zeigt Ricarda und mich in Heathrow, als wir zum Taxi gingen. Nun rätselt die Fangemeinde, wer die Frau ist, der Sean McLoud den Koffer trägt. Neben freundlich-wohlwollenden Kommentaren sind auch fiese Sachen dabei, nach dem Motto: Wer ist die Alte? Seine Mutter oder seine ältere Schwester?

Ricarda ist neun Jahre älter als ich und das ist mir so was von egal. Ich habe kein Problem damit, aber offensichtlich einige meiner sogenannten Fans. Ricarda und ich sprechen darüber und sie bittet mich, halt mich unter allen Umständen aus der Öffentlichkeit raus. Du kannst mich von mir aus ruhig verleugnen, damit habe ich kein Problem. Ich möchte nur auf keinen Fall ins Blickfeld geraten und öffentlich ausgeleuchtet werden.

Das verstehe ich nur zu gut, weil ich mehr denn je darauf bedacht bin, mein Privatleben auch privat zu lassen. Es wird ohnehin genug spekuliert. Ricarda wird als die neueste Affäre gehandelt und das ärgert mich. Aber das ist nun mal so, ich habe nicht vor, etwas daran zu ändern und Staub aufzuwirbeln. Wenn ich nur daran denke, wie viele Frauengeschichten mir nachgesagt werden. Nicht einmal ein Bruchteil davon stimmt, und von dem, was wirklich war, wissen meine Fans nichts. Die Phantasie der Menschen ist grenzenlos, viele meinen ja auch, die Frauen an meiner Seite seien nur Alibis, die von meiner Homosexualität ablenken sollen. Es spielt keine Rolle, ob ich mit oder ohne Begleitung, in männlicher oder weiblicher Begleitung auftrete, es wird immer spekuliert. Das kann ich alles mehr oder weniger an mir abtropfen lassen, es sind die normalen Begleiterscheinungen meiner Bekanntheit. Das wirklich

Bedrohliche geht von Stalkerinnen aus, das habe ich schon zweimal erlebt und brauche es kein drittes Mal. Es ist nicht nachzuvollziehen, in welchen Wahn die sich hineinsteigern können. Eine bildete sich sogar ein, ich sei der Vater ihres Kindes. Total krank und erschreckend. Ich habe mich dann lange Zeit hermetisch abgeschottet und niemanden mehr an mich herangelassen, den ich nicht schon lange kannte. Ich gebe Interviews, ich lasse mich auch mit Fans fotografieren, aber meine Privatsphäre hat privat zu bleiben. Ricarda und ich diskutieren das Ganze noch einige Male und ich verspreche ihr, sie im Notfall wirklich zu verleugnen und auch niemals von ihr den Spießrutenlauf über den roten Teppich zu verlangen.

Wir wollen uns in Genf treffen. Das ist für mich perfekt, weil ich von Inverness aus fliegen kann. Ricarda verbringt offiziell zwei Wochen auf einer Schönheitsfarm bei Genf. Auch sie verschweigt unsere Liebe. Nur Elke weiß davon, und diese Ex ihres Mannes, Vera oder so, scheint etwas zu ahnen. Ich habe für die zwei Wochen einen kleinen Bungalow gebucht, nicht zu weit von der Stadt entfernt, aber schon ziemlich ländlich. Wir wollen ungestört sein. Der Gedanke, zwei Wochen in einem kleinen Appartement ohne Rückzugsmöglichkeit zu verbringen, war mir unerträglich. Zwei Wochen zusammen, das ist ja schon wie eine halbe Ehe, flachse ich, weil ich mittlerweile weiß, wie schnell Ricarda dann hochgeht und ich sie daraufhin auslachen kann. Ja, wir lachen viel zusammen, sie ist witzig und hat einen umwerfend trockenen Humor. Sie fehlt mir so schrecklich. Ich muss noch viel lernen und viel an ihr entdecken. Da ist ihre

Aufrichtigkeit, die mir manchmal die Sprache verschlägt. Für Ricarda ist ihr Mann Bruno kein Tabuthema. Er ist Teil ihres Lebens und sie ist der Meinung, je eher ich mich daran gewöhne, umso weniger käme ich in Versuchung, sie unter Druck zu setzen. Sie spricht offen und unbefangen über ihn. Nicht ganz einfach für mich, aber auch wenn es fies ist, ich bin doch froh, in ihm keinen Konkurrenten zu haben. Selbst in gesundem Zustand könnte er garantiert nicht mit mir mithalten. Noch hat Ricarda diesbezüglich keine Bemerkungen gemacht, und das schätze ich. Da kann ich bei meiner Eitelkeit in puncto Potenz bleiben, und das beruhigt mich. Egal, wie es mit Veronica damals gelaufen ist, sie hat mir immerhin beigebracht, wie man eine Frau im Bett glücklich macht. Dafür ich werde ihr immer dankbar sein. Sie war der Meinung, die Lust der Frau vervielfache die des Mannes, und da ist was dran. Zwei gemeinsame Wochen, denke ich. Ob das wohl gutgeht? Ob das wohl reicht, bevor ich für zwei Monate nach Südafrika fliege?

Ricarda

Das kleine Ferienhaus in Collonge.
Genf bot sich an, also in Ordnung, sage ich, dann halt Genf, ist so gut wie jeder andre Ort und ich bin sowieso einmal im Jahr für zwei Wochen auf der Beautyfarm von Madame Odette. Jeder Ort, um mit Sean zusammen zu sein, war mir recht. Es fiel also nicht auf, als ich Vera sagte, ich würde mich für zwei Wochen nach Genf verkrümeln. Sie meinte nur, wenn du nicht selbst auf die Idee gekommen wärst, hätte ich dich persönlich am Kragen gepackt und bei Madame Odette abgeliefert. Mit Vehemenz verteidigte sie meine zweiwöchige Abwesenheit Bruno gegenüber.

Ein niedlicher Bungalow mit dem offenen Kamin im großen Wohnzimmer. Wir kochten gemeinsam, machten Ausflüge nach Lausanne und Montreux. Wir mieteten uns ein Auto und machten eine kleine Tour über Gstaad, den Thuner See und Bern und über Fribourg zurück an den Genfer See. Das eisige Wetter hielt uns nicht ab, durch die Altstadt von Genf zu schlendern, uns in einem Café am Place Bourg du Four aufzuwärmen. Wir riskierten sogar eine Fahrt in einem der Mouettes genannten Wassertaxis, um die andere Seite von Genf mit ihren Promenaden zu erkunden.

Die Abende am Kamin ganz nah beieinander, mit langen Gesprächen. Genügend Platz und Zeit für alles. Schwebend und trotz aller Fülle friedlich, geruhsam, keineswegs zu viel.

Spaziergänge, ausgedehntes Essen. Wir surften auf einer sanften Welle. Ich war so ausgehungert nach Zärtlichkeit, nach Leidenschaft, danach, ganz nah bei ihm zu sein, und Sean ging es ähnlich. Zumindest in der ersten Woche klebten wir wie siamesische Zwillinge aneinander. Aber auch dieses gegenseitige Verlangen nach der Gegenwart des anderen war nicht zu viel. Eher so, als würden wir beide leere Zweisamkeitsdepots auffüllen. Wir fassten Vertrauen in diese Verliebtheit, ließen uns immer tiefer hineinsinken, um sie auszuloten, ohne wissen zu wollen, wo die unüberbrückbaren Abgründe liegen und welcher Art sie sein mögen. Gemeinsam, Hand in Hand, wagten wir uns immer weiter auf unserer Erkundungsreise zum anderen, übersprangen trennende Gräben mit der Leichtigkeit aller, die lieben. Hand in Hand kann man weiter springen als allein.

Ein Stückchen gemeinsames Leben und gleichzeitig ein Experiment, eine Laborsituation. Zwei, die etwas versuchen und ein Risiko eingehen.

Konkrete physikalische Erfahrungen, als Sean zu mir in die Wanne stieg und ich nicht im Entferntesten daran gedacht hatte, welche Menge Wasser ein Körper von dieser Größe verdrängen kann. Danach war ich schlauer. Das überschwappende Wasser löschte einen Teil der Teelichte. Wir wischten nackt und lachend den Boden sauber, klatschten uns wie niederträchtige Kinder die nassen Putztücher um die Beine und stiegen nach getanem Werk dann doch lieber gemeinsam unter die Dusche. Vorlesen am Kaminfeuer, eng aneinander gekuschelt. Gedichte von Ringelnatz und Hilde Domin, Erich Kästner und Sarah Kirsch, Pablo Neruda und

Christian Morgenstern. Immer wieder seine Lieblingsdichter Erich Fried und Dagmar Nick. Liebesgedichte und Balladen. Die Stimme dieses Mannes ging mir direkt in Herz und Bauch. Er war so komisch. Allein seine Parodie eines Gesprächs von Frau zu Frau zwischen Margaret Thatcher und Angela Merkel brachte mich an den Rand der Inkontinenz. Er staunte über sich selbst, wiederholte fassungslos bei allen möglichen und unmöglichen Gelegenheiten: Das habe ich so noch nie erlebt, ich bekomme nicht genug von dir, ich langweile mich nicht, ich kann ohne Angst meine weichen und zärtlichen Seiten zeigen, wage es sogar sentimental zu sein und nie gibst du mir das Gefühl, es wäre mit mir etwas nicht in Ordnung. Ein wenig Angst macht mir das schon.

Zwei Tage, bevor unsere Zeit zu Ende ging, lernte ich dann doch unvermittelt eine ganz neue Seite an ihm kennen.

Wir liegen zusammen auf der Couch, es ist früher Nachmittag und draußen regnet es in Strömen. Sean hat Feuer im Kamin angezündet, wir sind satt vom Liebemachen, erfüllt von dieser weichen Trägheit, die den Wunsch auslöst, sie möge anhalten. Ich spiele mit seinen Fingern und wir reden leise miteinander. Ein Traum von mir, sage ich, ist ein eigenes Wohnmobil. Ich möchte einfach dahin fahren, wo es mir gefällt und dann weiter und weiter. Aber im Gegensatz zu dir brauche ich ein richtiges Zuhause, einen Ort, an den ich immer dann zurückkehren kann, wenn ich das will und brauche. Einen Garten und einen Hund, den ich auf meinen Reisen mitnehmen kann. Ich bin eher eine Nomadin auf Zeit, während du keinen festen Ankerplatz brauchst. Keine

Ahnung, welches meiner Worte seine Reaktion ausgelöst hat. Aus dem Stand heraus und ohne Vorwarnung schiebt er mich energisch von sich und explodiert.

Natürlich bin ich ein Nomade. Ich bin Schauspieler, und wenn ich einen Dreh in England habe, dann drehe ich in England oder auf Hawaii oder am Nordpol. Das ist nun mal so und glaub′ nicht, du könntest mich anbinden. Ich bin nicht sesshaft und ich werde es niemals sein.

Ich sitze da, halte Sicherheitsabstand zu diesem brüllenden Riesen und glaube im falschen Film zu sein. Wieso dreht er auf einmal so ab?

Ich habe nicht den Wunsch, mit dir zusammenzuleben, sage ich mit bemühter Ruhe zu ihm, um die Wogen zu glätten, das habe ich in meinem Leben reichlich gehabt. Das wäre mir zu anstrengend.

Ich bin doch nicht anstrengend, kommt es wütend von ihm.

Ich weiß nicht, was ich will, sage ich, ich will dich sehen und mit dir sein, aber ich will dich doch verdammt und zugenäht nicht anbinden. Wenn jemand weiß, was das bedeutet, dann bin ich es wohl. Wir schreien uns an. Unser erster heftiger Streit. Er ist natürlich uneinsichtig, dieser elende Sturkopf, und versteht überhaupt nicht, dass es nicht ums Zusammenleben geht. Total vernagelt, dieser Mann. Ich sehe ihn an und frage mich, ob das mit uns überhaupt einen Sinn hat, wenn wir so aneinander vorbeireden. Urplötzlich zieht er mich an sich, sagt, ich will doch mit dir leben und dich immer bei mir wissen, und das geht nun mal nicht. Ich weiß es und deswegen bin ich wütend auf dich.

Eine Menge Selbsterkenntnis für einen Mann, kommt lakonisch von mir.

Dann holt er die Leiche aus dem Keller. Veronica, seine große Liebe. Für die er bereit war, sein Nomadenleben aufzugeben, die er heiraten wollte. Die böse Veronica, die ihn nur benutzt hat, die ihn für einen großen Trottel hielt, aber immerhin für einen, mit dem sie sich schmücken konnte.

Ich habe nie schlecht über sie geredet, sagt er, ich habe alles für mich behalten, weil ich kein Mensch bin, der über einen anderen herzieht, den er mal geliebt hat. Wir hatten sogar schon ein Haus gekauft und ich war mir sicher, sie wäre die Frau meines Lebens.

Oh Gott, war sie schön, waren wir ein Paar. Groß, schön und nichts mehr als eine miese Schlampe, schreit er. Schreit er nach all den Jahren. Was glaubst du denn, wie es ist, wenn man eine Woche vor der Hochzeit unbeabsichtigt ein Gespräch belauscht, weil man sich mit einem Vorhochzeitsgeschenk anschleicht, um sie zu überraschen? Ich könnte heute noch kotzen, wenn ich daran denke, wie sie mit ihrer besten Freundin über mich hergezogen ist. Das war nicht die Frau, die ich heiraten wollte. Ich habe den Korb mit der kleinen Perserkatze, ja, sie liebte Perserkatzen, weil die genau so dumm und arrogant sind wie sie, auf den Küchentisch gestellt und dann bin ich abgehauen. Habe mich bei Dad verkrochen und bin erst zwei Wochen später wieder aufgetaucht. Da war sie zum Glück weg, hatte sich von irgend so einem Kerl trösten lassen und streute das Gerücht, ich sei mit einer anderen durchgegangen. Sie stand als das arme, betrogene Opfer da und ich habe nichts unternommen, um es klarzustellen.

Ich höre mir alles an, was da aus ihm herausbricht, und verstehe. Trotzdem bin ich nicht bereit, die alten Geschichten auszubaden. Sieh mich an, sage ich und drehe seinen Kopf zu mir, weil ich mitbekomme, wie weit weg er in der Vergangenheit ist.

Ich bin Ricarda und ich habe mit alldem nichts zu tun, überhaupt nichts. Schau mich doch an, sage ich. Ich bin weder groß, noch jung, noch schön und ich bin mit Bruno verheiratet. Wie kannst du mich dann mit Veronica vergleichen? Sean, du hast gerade gesagt, du willst mit mir leben und gleichzeitig weißt du um die Unmöglichkeit eines gemeinsamen Lebens. Das ist nun mal die Realität, also finde dich damit ab, denn ich sage dir hier und jetzt, ich will nicht mit dir leben, selbst wenn ich könnte. Es ist ohnehin ein Ding der Unmöglichkeit, solange du Veronica wie eine Leiche auf deinem Buckel herumschleppst und ich an Bruno gebunden bin. So wirst du nie in der Lage sein, eine Beziehung zu leben, und ich meine damit leben und nicht wegen deiner Vergangenheit zu zerstören. Das bringt ihn aus der Fassung. Solche Töne ist er nicht gewohnt, so direkt hat ihm das sicherlich noch niemand auf den Kopf zugesagt. Ich sehe, wie es in ihm arbeitet und er mit sich kämpft. Erst ballt er die Fäuste und dann springt er auf, wortlos, zieht seine Jacke an und geht hinaus in den Schweizer Regen. Ratlos bleibe ich zurück. Er wird sich schon wieder einkriegen, dieser zickige Kerl. Als ich am Abend das Warten satthabe, packe ich meine Sachen zusammen, schreibe ihm einen langen Brief, der ihm alle Optionen offenhält, und nehme mir ein Taxi zum Flughafen. Das ist mir dann doch zu blöd, denke ich, als ich im Flugzeug nach München sitze. Er wird sich spätestens morgen bei mir melden, denn in drei Tagen geht es nach Südafrika.

Natürlich ist er erschrocken, als er merkte, dass ich es ihm mit gleicher Münze heimzahlte. Wir haben lange am Telefon darüber gesprochen, bevor er zu den Dreharbeiten flog. Dennoch blieb ein schales Gefühl zurück.

Rein äußerlich hat sich nichts verändert, Bruno wird immer unerträglicher und ich bin nicht mehr richtig dabei. Anfangs dachte ich noch, ich könne alles fein säuberlich auseinanderhalten, aber das geht nicht. Nicht, nachdem Sean und ich uns so nahegekommen sind. Es lässt sich nicht trennen, alles vermischt sich. Zwei Menschen mit zwei Leben und zwei langen Vergangenheiten und vielen Erfahrungen, auch Erfahrungen der schmerzhaften Art. Kein unbeschriebenes Blatt Papier, sondern Zentnerlasten. Es ist eine Nähe zwischen uns entstanden, eine Vertrautheit, die ich in dunklen Nächten, die ich allein verbringe, nur unterbrochen von meiner Fürsorge für Bruno, als Verrat an ihm empfinde. Ja, immer noch als Verrat an dem alten Bruno von früher. Messe ich da mit zweierlei Maß? Ich weiß von mindestens zwei Geliebten in der Zeit meiner Depressionen, aber da ich es erst im Nachhinein erfahren habe, konnte ich Verständnis aufbringen und großzügig sein. Sie haben ihm dabei geholfen, mich in dieser Horrorzeit nicht im Stich zu lassen. Aber die anderen, daran habe ich lange geknabbert. Warum also Verrat? Meine Liebe zu Sean ist keine Rache an

Bruno. Aber er spürt meine Veränderung. Er hält nun meine Hand sehr oft mit einer Kraft fest, die ich vorher nicht bei ihm gespürt habe, so als wolle er mich nicht mehr loslassen. Wie eine so ausgemergelte, vertrocknete Hand derartig zupacken kann, versetzt mich täglich in Erstaunen. Du bleibst jetzt hier bei mir, befiehlt er unerbittlich und ich gehorche. Bis ich es nicht mehr aushalte und gereizt sage: Bruno, lass mich los, und das scheint eine Aufforderung zu sein, noch fester zu halten. Mit der Hand sagt er mir: Lass mich nicht allein, geh nicht weg, du gehörst noch immer zu mir. Seine Angst und Wut sind unverhohlen und machen mir wiederum Angst. Was weiß er und wie viel spürt er? Ich bin mir nicht sicher, denn sein Eifersuchtswahn ist ja nicht neu, er wird nur immer schlimmer.

Von diesen Dingen erzähle ich Sean nichts. Südafrika ist weit weg. Während der Dreharbeiten ist seine ganze Präsenz, sein ganzes Können gefordert. Da ist kaum noch Raum für mich, für uns.

Manchmal hören wir tagelang nichts voneinander. Ich beruhige mich mit dem Gedanken, das ist seine Arbeit, das ist sein Leben. Ich habe mich ja nicht in einen pensionierten Beamten verliebt, sondern in einen erfolgreichen Schauspieler, der seinen Beruf liebt und sich auf seine Arbeit konzentrieren muss. Wir leben in unterschiedlichen Welten. Meine Welt, das ist nach wie vor dieses absurde Leben mit Bruno. Natürlich ist es belastend. Deswegen kämpfe ich ja um dieses eigene Stück Leben. Ich habe nur mein Leben, denn weder mit Bruno, noch mit Sean ist ein gemeinsames Leben möglich. Sean ist kein Mensch, der auf Dauer mit einem anderen zusammenleben kann. Das habe ich in Genf gemerkt.

Es fehlt mir an Abgebrühtheit und an der nötigen Skrupellosigkeit, denn auch wenn Bruno sich in einen bösartigen Tyrannen verwandelt hat, spüre ich seine Angst, liebe ich noch immer den Bruno, der er einmal war. Ich wünschte, ich könnte wie eine Maschine alle Gefühle einfach abstellen und mir eiskalt sagen: Bruno ist ein Pflegefall, und zwar ein sehr schwieriger. Also lasse ich ihm das Notwendige zukommen und mehr nicht. Alle guten und liebevollen Gefühle sind nur für Sean. Das funktioniert bei mir nicht. Die zwei Monate sind fast vorbei. Eigentlich müsste er schon wieder zurück sein. Vor zehn Tagen haben wir telefoniert und er sagte, ich melde mich bei dir, sobald ich in London eingetrudelt bin. Mein Stolz verbietet es mir, ihn anzurufen und zu fragen, wann er kommt. Ich möchte auf keinen Fall wie eine eifersüchtige Kontrolleurin klingen. Dabei sehne ich mich so nach ihm. Aber bisher noch nichts. Kein: Wo sehen wir uns, wann können wir uns treffen, nur: Ich freue mich darauf, dich bald wiederzusehen. Sehnsucht klingt anders.

Sean

Bruderherz, du hast dich selbst ins Aus geschossen, wirft mir Karen vor, als ich aus Mitte Juni aus Südafrika zurück bin und erst einmal in London strande. Ich rede mit ihr stundenlang über Ricarda, über meine wachsenden Zweifel und Bedenken. Von Karen kann ich Wahrheiten über mich annehmen und ihr eingestehen, wie es wirklich ist. Der Dreh hat mir die Flucht ermöglicht und Ricardas Brief, den sie mir in Collonge geschrieben hatte, war ein großzügiges Angebot an den Mann, den sie liebt.

Als ich an dem Abend in Collonge zurückkam und Ricarda nicht mehr da war, dachte ich: Gut, das war es jetzt und ich bin selbst dran schuld, wenn ich wegrenne wie ein trotziges kleines Kind. Jetzt hat sie wahrscheinlich die Nase endgültig voll von mir und ich werde nie wieder etwas von ihr hören. Gleichzeitig kam der Gedanke, ich werde nicht hinter ihr herrennen. Vielleicht ist es besser, wenn wir uns jetzt trennen, bevor es zu schmerzhaft wird. Völlig unsinnig und unangebracht, dieser Gedanke. Ich fand ihren Brief, der auf dem Kaminsims lehnte, und da bin ich sehr nachdenklich geworden. Sie hat mir alle Türen offengelassen und gleichzeitig klar gemacht, wie unmöglich ich mich aufgeführt habe. Das dauernde Pendeln zwischen Zusammensein und Getrenntsein erfordert mehr, als sich so zu verhalten, wie ich es mir angewöhnt habe. Ich lasse dir deine kleine Flucht, schrieb sie, und ich lasse ich dir auch deine große

Flucht, die du jetzt unter dem Deckmantel der Dreharbeiten antreten kannst. Es ist doch nichts weiter als eine neue Versuchsreihe und es bleibt uns nichts anderes übrig, als solange zu experimentieren, bis wir sehen, was dabei herauskommt. Aber diese bescheuerten Spielchen mit Wegrennen und Tür hinter sich zumachen und einfach verschwinden, die brauche ich nun wirklich nicht. Trotzdem können sie mich nicht davon abhalten, dich zu lieben. Versteh das nicht falsch, es ist keine Drohung wie: Wenn du das noch einmal machst, dann liebe ich dich nicht mehr. Ich bitte dich nur, zu überdenken, ob du mit deinen eingefahrenen Spielchen so weitermachen willst oder ob du dir eine Handlungsalternative dazu schaffen willst. Wir werden uns jetzt zwei Monate oder noch länger nicht sehen und auch wenn ich dich jetzt, wo ich diesen Brief schreibe, schon schrecklich vermisse, so ist es unterm Strich doch gut so, weil es uns Luft verschafft und weil jeder von uns sein eigenes Leben hat. Danach lass uns weitersehen, aber glaub mir, Sean, ich brauche die Distanz genauso dringend wie du.

Das Leben
wäre vielleicht
Einfacher
wenn ich dich
nicht getroffen hätte
Es wäre nur nicht
mein Leben

Das sagt, so schrieb sie, dein geliebter Erich Fried, und ich kann mich dem nur anschließen.

Ich habe Karen den Brief zum Lesen gegeben und sie tippt sich nur an die Stirn. Bruder, sagt sie, du bist komplett verrückt, wenn du so stur bleibst und nicht endlich was veränderst.

In Südafrika war ich heilfroh über die anstrengende Arbeit und die damit verbundene Ablenkung. Ich sagte mir oft: Ach, das ist dein Leben, Beziehungen machen alles nur noch schwerer, und: Ich bin doch sowieso nicht in der Lage, einer Frau wie Ricarda gerecht zu werden. Nein, mein erster Eindruck, als ich mich in sie verliebt habe, hat mich nicht getäuscht. Sie hat mich total durchschaut und lässt mich ohne ein Wimpernzucken gehen, ja, sie hört deswegen nicht einmal auf, mich zu lieben.

Dennoch ist dieses Zögern in mir, gestehe ich Karen. Ricarda weiß nicht einmal, dass ich schon wieder in London bin. Ich habe sie seit über einer Woche nicht mehr angerufen. Das ist noch nie vorgekommen. Sie hat sich auch nicht bei mir gemeldet.

Du hast einfach Angst, sie wiederzusehen, sagt Karen, weil du ein alter Feigling bist und deine Eitelkeit kaum zu überbieten.

Karen darf so mit mir sprechen, das halte ich aus. Sie wird immer meine kleine Schwester sein, mit der ich durch dick und dünn gegangen bin.

Ja, gebe ich zu, da ist was dran und was Ricarda angeht, so bin ich mir einfach unsicher. Es hat sich seit Genf eine solch kühle Distanziertheit eingeschlichen und ich habe von meiner Seite aus nichts unternommen, um etwas daran zu ändern.

Du bist ein echter Trottel, der immer noch davon überzeugt ist, die Weiber müssten hinter ihm herlaufen. Gib es doch zu, im Grunde warst du beleidigt, weil sie einfach abgereist ist, und dabei hast du ihr Recht, so zu handeln, völlig übersehen. Du würdest das auch nicht so einfach mit dir machen lassen. Dir fällt schon kein Zacken aus der Krone, wenn du jetzt auf sie zugehst. Liebst du sie noch?

Wie könnte ich sie nicht mehr lieben? Ich bin zwar ein Volltrottel, aber selbst ich habe verstanden, ich bin nicht mehr der, der Veronica mal geliebt hat.

Karen nickt wie eine weise Eule. Überleg dir, wie es war, als du dich in Ricarda verliebt hast. Es war doch schlagartig alles klar, oder täusche ich mich? Hat sich daran etwas verändert?

Nein, gebe ich zu, aber der alte Sean ist wieder da und seine Angst macht mir zu schaffen. Ich will sie nah bei mir, und zwar für immer, und dann jault der alte Sean: Die ist auch nicht besser als die anderen, du wirst es schon sehen.

Dann schick diesen alten, verbitterten Idioten endlich in die Wüste, rät mir Karen.

Abends stehe ich in der schönsten Rumpelkammer der Welt unter der Dusche und frage mich, ob ich in London oder in den Tropen bin, so heiß ist es. Urplötzlich überfallen mich die Erinnerungen an unser Wiedersehen im Februar, und auf einmal bin ich sicher, Ricarda ist hier, wartet draußen im Zimmer auf mich und ich höre ihr leises Lachen. Mein Gott, wie blöd bin ich doch. Ich bin wirklich und wahrhaftig drauf und dran, alles kaputtzumachen, sie zu verlieren. Welcher Teufel hat mich da geritten? Wie konnte ich mir nur einbilden, ein Leben ohne sie wäre besser? Bin ich denn von allen guten Geistern verlassen? Ich springe, nass wie ich bin, aus der Dusche, wickle mich in ein Handtuch und rufe Ricarda an. Sie ist sehr reserviert, als ich ihr meine Selbsterkenntnisse beichte. Wir müssen uns so schnell wie möglich sehen, ich nehme den nächsten Flieger nach München und es tut mir alles so wahnsinnig leid. Aber sie sagt nein, München kommt nicht in Frage, das ist mir zu nah an meinem Leben. Dann Hamburg, schlage ich vor. Da kann ich dir vieles zeigen und du kannst Mum kennenlernen. In meinem Übereifer bemerke ich überhaupt nicht, wie distanziert sie bleibt. Ich bettle, bitte, Ricarda, sag ja, komm nach Hamburg, lass uns reden. Sie sagt weder ja noch nein, nur dass sie erst versuchen muss, jemanden für Bruno zu organisieren, weil Vera nicht da ist und Irmi, die Pflegerin, Urlaub macht. Sagt, sie wird versuchen, übermorgen um die Mittagszeit zu kommen und sie wird mir rechtzeitig Bescheid geben.

Trägst du noch mein Medaillon, frage ich sie. Ja, sagt sie und legt auf. Sie wird kommen, ich weiß, wie sehr sie mich trotz dieser Eiseskälte in ihrer Stimme liebt. Etwas anderes ist undenkbar, unvorstellbar, unerträglich.

Dann rufe ich Hannes an und mache unseren Deal klar. Er will seine Spielschulden mit dem Verkauf des Häuschens begleichen und hat bei mir angeklopft. Aus einer Schnapsidee kann nun Wirklichkeit werden.

Ricarda

Erst stellt er sich über eine Woche lang tot, und dann soll ich ihn in Hamburg treffen. Was meint er denn, wer ich bin? Der Kasper aus der Kiste, das Püppchen, das man nach Belieben aus dem Regal holen kann, um mal wieder eine Runde ewige Liebe zu spielen?

Ich melde mich bei dir, sobald ich zurück bin. Don´t call us, we call you. Er könnte sich beim Lügen zumindest mehr anstrengen, aber er hat nicht einmal gemerkt, wie ungeschickt er sich verplappert hat. Tagelange Gespräche mit seiner Schwester. Will er mir etwa weismachen, sie sei bei ihm in Südafrika gewesen?

Ich wette, Sean ist schon seit Tagen in London, und es kränkt mich, dass er sich erst jetzt meldet. Ja, es kränkt mich und es macht mich wütend. Dieser miese Lügner. Gut, ich habe auch gelogen, Vera hat mir erst vorgestern angeboten, mich zu vertreten, falls ich mal wieder Abstand brauche, und Irmi macht auch keinen Urlaub.

Ich wollte Ehrlichkeit, Offenheit und Auseinandersetzungen. Stattdessen Lügen und Unaufrichtigkeit. Seit Genf ist der Wurm drin, und das geht nun schon seit Ende März. Ich spiele doch genauso wie er.

Was will ich denn von ihm? Wir kennen uns nun ein knappes Jahr, haben uns in diesem Jahr keine drei Wochen gesehen. Ich habe ihn zuerst begehrt und mich dann in ihn verliebt, bei ihm war es angeblich umgekehrt. Es ist zum

Auswachsen. Als ich seine Stimme hörte, dieses Erstaunen über sich selbst und diesen Eifer, da habe ich wieder dieses unaussprechliche Etwas gespürt, das bisher mein Herz immer erreicht hat. Es steht so sehr im Kontrast zu seinem lieblosen Verhalten.

Ja, Herrgott nochmal, ich empfinde sein Verhalten als lieblos und unsensibel. Ich bin keine Frau, die alles einfach so hinnimmt und dann selbstredend auch alles verzeiht, die Arme gütig ausbreitet und sagt: Ja, natürlich, ich springe in den nächsten Flieger und eile zu dir, oh gottgleicher Geliebter. Nein, in solchen Situationen werde ich eiskalt und abwehrend. Laut Bruno sinkt dann durch meine Kühle die Raumtemperatur auf die für Eisblumen an den Fenstern nötigen Minusgrade.

Ich bin doch auch total bescheuert. Keinen Deut besser als Sean. Da verliebe ich mich in einen Mann, von dem ich sofort weiß, dass es nichts werden kann. Nicht weil er nicht will, sondern weil ich nicht kann. Ich werde meinen eigenen Vorstellungen untreu und wundere mich hinterher, wenn ich mir blaue Flecken hole.

Es ist Begehren da, natürlich und nicht zu knapp. Warum kann ich es nicht einfach dabei belassen, warum will ich auch noch Liebe dazu und Wertschätzung und Achtung? Weil alles andere außer Diskussion steht.

Das werde ich ihm sagen. Ja, ich werde morgen nach Hamburg fliegen, mit ihm Schluss machen und dann wieder zurückfliegen und mein Leben weiterleben. Was, wenn er wirklich eingesehen hat, wie dringend nötig es ist, endlich seine Veronica-Altlasten loszuwerden? Wenn er tatsächlich verstanden hat, wie zerstörerisch sein Verhalten ist? Würde ich ihm denn noch eine Chance geben? Tja, und dann wieder eine und wieder eine, bis er eines Tages kommt und sagt, es tut mir so leid, aber ich will doch noch gerne auf meine alten Tage Vater werden und da ist diese wunderbare junge Frau, die ich mir als Mutter meiner Kinder erträumt habe. Angeblich ist mein Alter in seinen Augen unmaßgeblich.

Zack, bin ich wieder bei der Frage, was will ich zum Teufel von diesem Mann. Es gibt nichts, was wir wirklich leben können, außer diesen Treffen, die dann so enden wie in Genf. Da kann ich wirklich gleich Schluss machen und das Kind im Brunnen ertränken.

Ich will glücklich mit ihm sein, leicht und unbeschwert, wenn wir uns sehen. Ich finde, dass sich das lohnt. Aber was ist denn von der Leichtigkeit und Beschwingtheit geblieben? Nichts als ein: Ich melde mich bei dir, sobald ich wieder zurück bin, und Lügen.

Ich habe große Lust, ihm zu sagen, na klar komme ich, und ihn dann zu versetzen, ihn einfach vergeblich warten zu lassen und ihn spüren zu lassen, wie das ist. Wäre es nicht so kindisch, dann würde ich es in die engere Auswahl nehmen. Weitermachen wie bisher, nein, auf keinen Fall.

Sean ist schon ein guter Schauspieler. Er lügt, und dann kommt eine begnadete Szene der aufrichtigen Zerknirschung und der Selbsterkenntnis, und als Finale der Wunsch nach einem sofortigen Wiedersehen. Da soll ich nun nach Hamburg kommen und mich von seiner Mutter taxieren lassen, deren altes Söhnchen ihr nun seine Geliebte präsentiert.

Ja, hat denn dieser Mann noch alle Tassen im Schrank? Das mag ja bei anderen Frauen geklappt haben, bei mir jedenfalls nicht. Nein, ich stelle mir die Schlussszene anders vor, und ich werde Regie führen.

Gut, mit meiner Lüge habe ich mir Zeit erkauft, ich muss mich jetzt noch nicht entscheiden. Morgen früh reicht. Vielleicht hat sich bis dahin dieses Gefühl, mich im Schleudergang auf mindestens 1400 Umdrehungen zu befinden, ein wenig verflüchtigt.

Sean

Aufgeregt stehe ich in Hamburg am Flughafen und warte darauf, Ricarda im Strom der Menschen, der aus der Tür quillt, ausfindig zu machen. Irgendwann wird der Strom zum Rinnsal, das dann gänzlich versiegt. Keine Ricarda. Am Handy nur ihre Mailbox. Ich versuche, so ruhig wie möglich draufzusprechen und bitte sie, mir schnell Bescheid zu sagen. Wahrscheinlich hat sie den Flug verpasst. Sieht ihr zwar nicht ähnlich, kann aber mal vorkommen. Sicherheitshalber warte ich die nächste Maschine aus München ab. Wieder umsonst. Mein Handy schweigt.

Jetzt habe ich endgültig verloren. Jemanden kommentarlos zu versetzen, ist ja nun eher mein Stil, ihr hätte ich es nicht zugetraut. Verdammt, ich war mir ihrer völlig sicher. Offensichtlich zu sicher. Ricarda sagt, ja, ich komme mit der Maschine um 11 Uhr zwanzig, wo wollen wir uns treffen und ich sage, ich hole dich natürlich ab. Sie hat mich einfach verarscht, sie hatte nie vor, zu kommen. Was für ein Stück inszeniert sie da?

Ich bin total verunsichert. Vielleicht ist sie wirklich verhindert. Aber dann hätte sie mir Bescheid gesagt. Komm erst mal runter, rede ich mir gut zu und setze mich in ein Café, um herauszufinden, was da gespielt wird.

Also, sage ich zu mir, du hast sie kennengelernt, du hast sie in London und in Genf wiedergesehen und nun diese langen Monate in Afrika gedreht. Was weißt du überhaupt von ihr? Sie kann dir alles Mögliche vorgegaukelt haben. Die Rolle des Advocatus Diaboli liegt mir nicht, sie macht mir Angst, weil mir klar wird, wie wenig ich über Ricarda weiß. Hat sie vielleicht mitbekommen, dass ich schon einige Tage in London war? Ist sie sauer auf mich? Mit meinen Fragen komme ich der Sache nicht näher, nur meine Zweifel verstärken sich und dieses Gefühl, da lässt mich jemand an die Wand laufen. Jeder weiß es, nur ich habe keine Ahnung wieso.

Aus meiner Verunsicherung wird Ärger, und der ist leichter zu handhaben. Na, Baby, so einfach geht das nicht. Ich werde schon rauskriegen, wo du steckst. Nein, so leicht lasse ich mich nicht abservieren, ich nicht.

Elke, wo ist Ricarda? Ist sie bei dir?

Nein, sie ist nicht bei mir, sagt Elke, warum auch, sie ist doch bei dir in Hamburg.

Sie ist nicht gekommen. Ich habe gewartet, bis ich schwarz wurde, und sie geht nicht ans Handy. Da ist nur die Mailbox dran, ich habe bestimmt schon hundert Mal draufgesprochen.

Eine ratlose Elke. Wirklich ratlos, oder hat sie sich mit Ricarda abgesprochen? Ich bin nur noch misstrauisch.

Du weißt doch immer, wo Ricarda steckt, zweifle ich ihre Worte an.

Sie versteht den Unterton ganz genau. Nein, sagt sie, ich weiß nicht immer, wo sie ist. Wir haben heute früh noch einmal telefoniert und sie sagte mir, dass sie sich mit dir in Hamburg trifft. Wenn sie dich versetzt, dann habe ich doch nichts damit zu tun, kommt es gereizt.

Da ist es wieder, dieses hässliche Wort, versetzt, im Stich gelassen, abserviert, verarscht, ja verdammt, verarscht.

Warum sollte sie mich denn versetzen? Ich habe keine Ahnung.

Ach Sean, sagt Elke, in einem Ton, als sei ich ein Depp. Ach Sean.

Jemand boxt mich von hinten sachte in den Rücken. Ich drücke im Umdrehen die Beendet-Taste. Dieses sachte Boxen kann nur Ricarda sein. Nein. Es ist Dörte. Dörte Sievers. Die hat mir gerade noch gefehlt.

Na so was, feixt sie, Sean. Wenn das mal kein schöner Zufall ist. Bist du am Sprung?

Ehe sich mein Kopf eine passende Lüge ausdenken kann, kommt schon ein Nein über meine Lippen.

Dann lass uns einen Kaffee trinken und von alten Zeiten reden, schlägt sie vor und zerrt mich in das Café zurück, in dem ich gerade intensiv und fruchtlos nachgedacht habe. Dörte Sievers bin ich in einem so angeschlagenen Zustand nicht gewachsen. Sie ist das, was Mum als patente Frau bezeichnet, riecht immer nach Pferdestall und lacht so dreckig wie ein Seemann. Sie ist hübsch und zierlich, aber unausstehlich. Dörte muss jetzt so Anfang Vierzig sein und ich sehe einen Ehering an ihrer rechten Hand. Also hat sie wieder geheiratet. Dörte bestellt Tee, ich Kaffee. Sie sieht meinen Blick auf ihren Ring, wedelt mit der Hand. Winnie, meint sie erklärend, ich habe Winnie geheiratet und heiße jetzt Klein. Aber das ist schon, warte mal, ja, schon acht Jahre her. Du wolltest ja nicht und außerdem verstehst du nichts von Pferden. Selbst dran schuld, aber jetzt bin ich vergeben.

Ich verschlucke mich fast an meinem Kaffee, fange mich aber und grinse sie an wie ein Honigkuchenpferd, nett, dümmlich und unbedarft. So ein Pech aber auch, nuschle ich.

Mum war damals der Meinung, Dörte sei wie gebacken für mich. Eine patente Frau eben, mit Sinn und Verstand, eine, die sich von mir die Butter nicht vom Brot nehmen lassen würde. Helene, Dörtes Mutter, und Mum waren sich einig, die Kinder passen zusammen, die müssen heiraten. Ich wollte keine Frau heiraten, die nach Pferden riecht, weil ich Pferde nicht so besonders mag, und Dörte hasst Segelboote wie die Pest. Dörte wiederum wollte mich auch nicht, weil ich nicht ihr Typ bin und mich nicht von ihr herumkommandieren lasse.

Die beiden Mütter bissen sich die dritten Zähne an uns aus und resignierten schließlich.

Eigentlich eine nette Situation, denke ich, ein Wiedersehen nach so vielen Jahren, aber ich halte sie immer noch nicht aus. Offensichtlich steht es mir auf die Stirn geschrieben, denn Dörte, so gar nicht sie selbst, legt beruhigend ihre Hand auf die meine und lacht boshaft.

Sei froh, dass es mit uns nicht geklappt hat, ich hätte dir die Hölle auf Erden bereitet. Und jetzt dreh dich mal ganz unauffällig um, da glotzt dich ein weiblicher Fan an, als wolle er dich fressen. Nein, nicht so schnell, langsam, habe ich gesagt.

Ich drehe mich um, und da steht Ricarda. Starrt mich fassungslos an. Dörtes Hand liegt immer noch auf meiner, aus der Entfernung riecht das nach trauter Zweisamkeit.

Hand auf Hand, Lachen, die Köpfe zusammengesteckt, das vorsichtige Umdrehen.

Jetzt bloß keinen Fehler machen, rast es mir durch den Kopf. Ein falsches Wort, eine falsche Geste und sie ist für immer weg.

Ich werfe fast den Stuhl um, als ich aufspringe und Dörtes Hand wie einen lästigen Käfer abschüttle. Fünf Schritte und ich ziehe Ricarda an mich. Endlich bist du da, ich hatte solche Angst, du hättest mich versetzt. Aber sie macht sich ganz steif, löst sich von mir und sagt mit ihrer Eisköniginnenstimme: Willst du mich nicht mit Veronica bekanntmachen? Ich habe noch eine gute Stunde Zeit, bevor mein Flug nach München geht. Sie ist es, die mich nun in Richtung Dörte zieht, die uns amüsiert zuschaut und offensichtlich genau erfasst, was da vor sich geht. Meine kleine eifersüchtige Mistkröte, denke ich liebevoll. Jetzt habe ich wieder Oberwasser.

Darf ich vorstellen, sage ich ganz gemein, Ricarda, das ist Dörte, eine alte Bekannte. Dörte, das ist Ricarda.

Dörte lacht ihr Seemannslachen: Na, du hast bestimmt gedacht, ich wäre die unbekannte Konkurrenz. Nein, bin ich nicht. Den Kerl könntest du mir nackt ins Bett legen, den würde ich nicht anrühren. Erstens bin ich mit meinem Winnie sehr zufrieden und zweitens ist Sean überhaupt nicht mein Typ.

Zu mir gewandt: Du Trottel hättest mir ruhig sagen können, dass du auf deine Freundin wartest, dann hätte ich sie nicht für einen Fan gehalten. Sie schaut auf die Herrenuhr, die ihr Handgelenk ziert, und meint, ich zieh' jetzt mal Leine, es wird Zeit für mich. Sie steht auf, klopft auf den Tisch und geht zur Theke, um ihren Tee zu bezahlen. Dann winkt sie uns zu und ist verschwunden.

Ricarda und ich sitzen einander gegenüber. Erst einmal schweigen wir, unsicher, welche Worte wir wählen sollen. Sie beißt sich auf die Lippen, muss wohl alles erst einmal verdauen.

Ich bestelle uns beiden einen Kaffee und während wir warten, dehnt sich das Schweigen unangenehm aus. Sie seufzt tief.

Zuerst stand ich im Stau, dann hat mir so eine SUV-Oma auch noch den Rückspiegel abgefahren und die ganze Seite verkratzt, weil die doofe Nuss keine Ahnung hatte, wo ihre Kiste anfängt und wo sie aufhört.

Ich nicke verständnisvoll, ach, so eine, die vier Kissen unterm Hintern braucht, um über das Lenkrad schauen zu können.

Ja, genau, stimmt sie zu, und sie hat dann auch noch behauptet, ich sei schuld, und da musste ich die Polizei holen. Das hat auch gedauert, und der Akku vom Handy ist leer. Ich bin dann trotzdem auf gut Glück geflogen. Du warst natürlich nicht da und ich habe gleich einen Rückflug gebucht. Dann sehe ich dich durch Zufall mit dieser Frau. Das ist mir alles zu viel, ich will nur noch nach Hause. Sie fängt an zu weinen. Wenn Ricarda weint, dann ist es ernst. Ich stehe auf, ziehe einen Stuhl neben sie, streichle sie beruhigend.

Jetzt ist doch alles wieder gut, versuche ich sie zu trösten. Tatsächlich fasst sie sich und wischt sich die Tränen ab.

Und außerdem, hickst sie, denn sie hat vom Weinen einen Schluckauf bekommen, hast du mir, hick, nicht die Wahrheit gesagt, hick, du bist schon länger in London gewesen, hick, ich bin doch nicht blöd, ich, hick, merke doch, wenn du mich, hick, anlügst.

Ich kann nicht anders, ich muss einfach über all die vorwurfsvollen Hicks lachen, die sie von sich gibt, und bedecke sicherheitshalber ihr Gesicht mit Küssen, bis sie aufhört, so unverschämt zu hicksen.

Unter erneuten Tränen lacht sie nun auch und ich sage: Du bist so wunderbar, so einzigartig, so unwiderstehlich, wenn du gleichzeitig lachst und weinst und Schluckauf hast.

Das nennt man Multitasking und das können nur Frauen, behauptet sie nun, und außerdem bin ich nur gekommen, um mit dir Schluss zu machen.

Nein, sage ich heftig und laut. Das kommt überhaupt nicht in Frage. Der Kellner schaut mich erstaunt an und ich dämpfe meine Stimme. Ricarda, du musst mir noch eine Chance geben, sage ich behutsam.

Nein, muss ich nicht. Es wird mir alles zu viel, ich schaffe das nicht mehr. Du bist so lange weg und es fühlt sich so an, als hätten wir kaum noch etwas miteinander zu tun, und dann erzählst du mir irgendwelche Geschichten von wegen, du hättest kapiert, was du falsch machst. Und doch hast du dich über eine Woche lang nicht gemeldet. Ich weiß doch überhaupt nicht, wer du bist. Soll das so weitergehen? London, Genf, Hamburg, in den Drehpausen oder wenn ich mal wegkann. Und was willst du denn überhaupt mit mir? Ich bin viel zu alt für dich, ich kann nicht bei dir sein, an meinem Angebundensein hat sich nichts geändert. Sie sagt all das ganz ruhig und sachlich, keine Spur von Gejammer oder Nörgelei.

Gut, sage ich im gleichen Ton. Dann lass uns mal überlegen, was wir ändern können. Dein Alter ist so was von belanglos, diesen Punkt können wir streichen. An meiner Arbeit kann ich nur etwas ändern, wenn ich mit der Schauspielerei aufhöre und das geht nicht, weil ich nun mal nichts anderes kann und damit gutes Geld verdiene. Bis ich an Rente denken kann, dauert es noch einige Jahre. Was Bruno angeht, so habe ich mittlerweile große Achtung davor, mit welcher Loyalität du an seiner Seite bist. Aber auch das ist ein Punkt, an dem wir nichts ändern können. Ich habe aber eine Idee, wie wir alles leichter machen können.

Sie schaut mich fragend an: Und was kommt jetzt? Nun lasse ich die Katze aus dem Sack.

Ricarda, sage ich sehr ernsthaft, ich will Nägel mit Köpfen machen. Du hast mal zu mir gesagt, ich sei ein Nomade, der keinen festen Platz in der Welt hat oder so ähnlich. Das stimmt. Mein Zuhause war die „Aldebaran", und die habe ich verkauft. Seitdem bin ich mal hier und mal dort. In den Gesprächen mit Karen ist mir klar geworden, wie sehr ich ein Zuhause brauche. Ich habe es mir nur nie eingestanden. Ich habe versucht, mir ein Haus vorzustellen, mit Garten und Hund, so wie du es mir beschrieben hast. Einen Ort, an den ich immer zurückkehren kann, meinen Ort. Hannes hat sich verzockt und braucht Geld. Also werde ich ihm sein Häuschen abkaufen und ich wollte dich bitten, mit mir gemeinsam ein Zuhause daraus zu machen.

Ricarda sieht mich an, als hätte ich komplett den Verstand verloren.

Du hast das kleine Haus gekauft? In Unterleinbach?

Ich nicke. Ja, und ich möchte mit dir zusammen unser Zuhause dort haben, diesen Ort, der nur uns beiden gehört.

Sie fixiert mich. Du weißt schon, wirft sie ein, dass ich in München wohne? Und dort nicht wegkann? Wie stellst du dir das vor? Ich kann mich nicht klonen.

Aber es wäre unser Ort, beharre ich, etwas Gemeinsames.

Mit einem Schlag vereist sie völlig. Sie merkt, wie ernst es mir ist. Nein, Sean, das geht nicht, das will ich nicht und das kann ich nicht. Sie steht auf, tastet wie eine Blinde nach ihrer Tasche, sagt, nein, auf keinen Fall, und geht.

Ich werfe einen Geldschein auf den Tisch, haste ihr nach und hole sie ein.

Ricarda, flehe ich, denk wenigstens darüber nach. Du musst ja nicht gleich zustimmen, aber du brauchst auch nicht gleich so total ablehnen.

Sie steht vor mir, selten kam sie mir bisher so klein vor. Heute sieht man ihr die sechzig Jahre unerbittlich an.

Sean, sagt sie, ich bin am Ende meiner Kraft. Ich kenne mich selbst nicht mehr, ich habe mich völlig verloren und weiß nicht mehr weiter. Ich kann nicht einfach mit dir zusammen ein Zuhause haben und gleichzeitig bei Bruno sein, der mich nur noch hasst und beschimpft und ja in gewisser Weise Recht hat, weil ich ihn mit dir betrüge.

Dann nimm dir die Zeit, wieder zu dir zu kommen und herauszufinden, was du leben möchtest und mit wem du leben möchtest. Aber warte nicht zu lange, uns läuft irgendwann die Zeit weg.

Ich sage das in einem so scharfen Ton, dass sie zusammenzuckt und mir wird klar, wie blöd ich bin, sie so unter Druck zu setzen. Sie hält Druck genau so wenig aus wie ich, und was mache ich Trottel? Sehr viel dümmer geht es wohl nicht.

Ihre Reaktion ist daher nicht verwunderlich.

Langsam und überlegen sagt sie, gut, wenn die Zeit, die uns deiner Meinung nach wegläuft, ein Vierteljahr nicht verkraftet, dann taugt das Ganze sowieso nichts. Ruf mich nicht an, ich melde mich heute in drei Monaten bei dir und du kannst dir in der Zwischenzeit auch mal überlegen, ob du wirklich mit mir leben willst oder ob du nicht lieber in deiner Häuschengartenhundidylle eine hübsche junge Frau haben möchtest und vielleicht ein oder zwei Kinderlein.

Das trifft mich so sehr, dass ich nicht mehr zurückrudern kann, sondern zutiefst verletzt bin und nichts mehr sage.

Tschüss, sagt sie und geht.

Elke

Ricarda ist in Hamburg, Sean hat angerufen. Sie ist da. Das hat mich ein wenig beruhigt, denn ich hatte mir Sorgen gemacht. Eine Stunde später ruft Vera an: Ricarda soll so schnell wie möglich nach Hause kommen, die Hütte brennt.

Ich frage dreist, was los ist, und mir fällt fast das Telefon aus der Hand, als Vera mir sagt, was da vor sich geht.

Ich rufe wieder Sean an. Ich muss Ricarda sofort sprechen, es ist mehr als dringend. Aber Ricarda ist nicht mehr bei ihm, sondern auf dem Heimweg. Was macht die blöde Kuh denn?

Er ist ganz geknickt, sie hat ihn für drei Monate in die Wüste geschickt. Ich höre an seiner Stimme, wie sehr ihn das verletzt.

Weißt du was, sage ich zu ihm. Komm zu mir, ich kann dir jetzt am Telefon nicht erklären, was da gerade läuft, aber Ricarda kann sich auf was gefasst machen, wenn sie nach Hause kommt.

Er lehnt meinen Vorschlag brüsk ab, nein das ist nicht der richtige Zeitpunkt, er muss jetzt auch alles überdenken und herausfinden, was er will. Ricarda soll seinetwegen die Auszeit nehmen, aber dann will er endgültig wissen, woran er ist.

Es hat also keinen Sinn, ihm Näheres zu erzählen. Ich sage ihm nur noch: Du kannst dich jederzeit bei mir melden, wenn dir danach ist.

Ich versuche, Ricarda zu warnen, aber sie geht nicht ans Telefon, wahrscheinlich sitzt sie schon im Flugzeug. Kurz überlege ich, ob ich zum Flughafen fahren soll, aber das dauert viel zu lange, ich würde sie nicht erreichen. Ich kann ihr nicht einmal eine Nachricht zukommen lassen, weil ich nicht weiß, mit welchem Flug sie kommt. Also muss ich sie voll ins Messer laufen lassen.

Nein, mir fällt noch Vera ein. Also rufe ich sie an und sage ihr, sie solle unbedingt anwesend sein, wenn Ricarda nach Hause kommt, damit sie zumindest ein wenig Rückendeckung hat. Vera ist nicht blind, sie weiß, dass Ricarda jemanden hat, und so wie ich sie kenne, verurteilt sie Ricarda deswegen nicht. Sie bekommt ja mit, wie Bruno sich aufführt.

Vera stimmt mir zu, es ist sicherlich besser, wenn sie Ricarda abfängt. Also wird sie sofort zum Flughafen fahren und hofft, Ricarda rechtzeitig zu erwischen.

Ricarda

Mich trifft fast der Schlag, als ich Vera am Infostand treffe. Es muss etwas mit Bruno passiert sein, wenn sie mich ausrufen lässt, ohne zu wissen, mit welcher Maschine ich komme. Hat er sich meine Drohung, ihn zu verlassen, so zu Herzen genommen, dass er gestorben ist? Trotzig denke ich, dann hätte er nicht sagen sollen: Ich lasse mich von dir scheiden, wenn du nicht den ganzen Tag mit mir verbringst. Das ist seine neue Tour und ich habe gesagt, nur zu, lass dich mal scheiden, da brauche ich dich wenigstens nicht zu verlassen. So giftig war ich schon lange nicht mehr. Ich hatte mich durchgerungen, nach Hamburg zu fliegen, um die Sache mit Sean zu beenden, und Bruno war der letzte, der mich davon abhalten würde.

Vera umarmt mich erleichtert. Wie froh ich bin. Ich hatte Angst, dich nicht zu erwischen.

Was ist mit Bruno, frage ich und mein Herz rast.

Nichts Schlimmes, beruhigt sie mich, er rastet nur gerade aus. Lass uns erst einmal zu mir fahren, mich macht dieser Flughafen verrückt, man versteht ja kaum sein eigenes Wort und ich will dir in aller Ruhe erzählen, was er da anzettelt.

Na, Hauptsache, es ist nichts Ernsthaftes, versuche ich zu scherzen, aber ihr Gesichtsausdruck zeigt mir, dass die Situation keineswegs witzig ist.

Auf dem Weg zu ihr muss sie sich auf das Fahren konzentrieren und bittet mich, erst einmal keine Fragen zu stellen. So nervös kenne ich Vera nicht. Vor lauter Aufregung hipple die ganze Zeit auf meinem Sitz herum, bis sie mich anmotzt, sitz´ endlich still, sonst kann ich für nichts garantieren. Wenig später sitzen wir bei ihr im Wohnzimmer. Sie stellt eine Flasche Birnenschnaps vor uns und sagt, so, jetzt kippen wir erst mal einen und dann erzähle ich dir, was los ist. Wir kippen nicht nur einen, und danach bin ich bereit zu hören, warum Bruno angeblich so ausrastet.

Vera war zu uns gekommen, um auf Bruno aufzupassen und ich hatte ihr versichert, bis spätestens sechs Uhr wieder zurück zu sein.

Ich war kaum aus dem Haus, da verlangte Bruno von ihr, sie solle Herbert anrufen, seinen Anwalt. Er müsse sofort herkommen, er, Bruno, habe dringend mit ihm zu sprechen.

Aha, sagte sich Vera, nun will er mal wieder sein Testament ändern und Ricarda vom Erbe ausschließen, obwohl Herbert ihm schon x-mal erklärt hat, dass das nicht so einfach geht, eine Ehefrau zu enterben. Ich habe noch gelacht, sagt Vera, und gesagt, er wird dir nichts anderes erzählen als sonst. Immerhin hat sie noch nie versucht, dich umzubringen. Wären wir noch verheiratet, dann bin ich mir nicht sicher, ob ich nicht schon lange nachgeholfen hätte. Aber gut, dann rufe ich halt den Herbert an, damit du deinen Willen bekommst.

Herbert, mittlerweile auch schon an die achtzig, kommt also angewackelt, und Bruno will unter vier Augen mit ihm sprechen.

Natürlich habe ich gelauscht, sagt Vera, ich musste doch wissen, was er im Schilde führt.

Ich habe gedacht, ich höre nicht recht, schüttelt sie den Kopf. Bruno will die Scheidung einreichen. Er erzählte Herbert, du hättest ihn verlassen. Nun würde es ihm endgültig reichen. Ich will die Ausdrücke, mit denen er dich belegte, nicht wiedergeben. Herbert konnte wohl auch nicht glauben, was Bruno da von sich gab, und sagte, du bist total verrückt. Ricarda ist die beste Ehefrau, die du dir nur wünschen kannst, und ich glaube nicht, was du da behauptest. Du schneidest dich ins eigene Fleisch, wenn du dich scheiden lässt. Wer soll sich denn dann um dich kümmern? Aber Bruno war nicht abzubringen und auch nicht bereit, das Ganze noch einmal zu überdenken. Also versprach Herbert ihm, sich um einen guten Scheidungsanwalt zu kümmern, das sei er ihm als Freund schuldig, auch wenn er ihn für gänzlich verrückt halte. Abgesehen davon solle Bruno sich darüber klar sein, dass dieser Schritt, in dem er selbst nur die dumme Bosheit sehen könne, das Ende ihrer langjährigen Freundschaft bedeute.

Dann sagte Bruno, ich scheiß′ auf deine Freundschaft, du hast die Schlampe ja selbst gevögelt, und Herbert schrie, jetzt reicht es aber endgültig, und humpelte empört an mir vorbei zur Haustür. Du hast ja sowieso gelauscht, sagte er. Dem armen Irren ist nicht mehr zu helfen. Und lächelnd fügte er hinzu, Ricarda hätte ich auch mit Handkuss genommen, aber ich habe nie daran gedacht, sie Bruno abspenstig zu machen. Dazu haben sie sich mal viel zu sehr geliebt. Die hätte nie auch nur ein Auge auf mich geworfen. Armer Irrer.

Ein wenig benebelt vom Birnengeist nicke ich.

Mm, er will sich also scheiden lassen. Keine schlechte Idee. Dann ist er der Idiot und nicht ich. Hast du herausbekommen, wie er sich das vorstellt?

Vera nickt. Ja, er ist da sehr zielstrebig. Das hätte ich ihm überhaupt nicht zugetraut. Die doofe Frau Dr. Heinlein war da und ist der Meinung, es sei für den armen Bruno ein zu hohes Gesundheitsrisiko, dich zu sehen. Es bestünde die Gefahr eines weiteren Schlaganfalls. Sie hat für ihn auf die Schnelle eine neue Pflegerin organisiert, die ihn rund um die Uhr betreuen wird, und sie hat, um ihn zu beruhigen, seinem Wunsch entsprochen und die Schlösser auswechseln lassen. Des Privatpatienten Wunsch ist ihr offensichtlich Befehl. Wahrscheinlich hat er ihr gedroht, sich einen anderen Arzt zu nehmen. Du kannst also nicht mehr ins Haus und mich hat er auch gleich rausgeworfen, weil ich ja von Anfang an mit dir unter einer Decke gesteckt habe und dich aus Rache an unserer Scheidung dazu ermutigt habe, ein Lotterleben zu führen. Natürlich war ich es, die dir die Liebhaber einen nach dem anderen zugeführt hat. Der Mann ist wirklich nicht bei Trost.

Langsam amüsiert mich die Absurdität der aktuellen Situation. Er hat also die Schlösser austauschen lassen und wahrscheinlich hat er auch das Konto gesperrt. Ich werde mir wohl einen eigenen Anwalt nehmen müssen, denn ich habe weiß Gott keine Lust mehr, den Versuch zu unternehmen, Bruno davon zu überzeugen, die Scheidung abzublasen. Es reicht, es reicht so, dass ich nicht einmal bestürzt oder erschrocken bin. Ich bin raus aus dem ganzen Spiel, bei Bruno und bei Sean.

Na, dann werde ich jetzt mal zum Flughafen fahren, sage ich gähnend, weil nämlich meine verbeulte Kutsche dort steht. Ich werde mich bei Elke erst einmal ausschlafen und morgen gehe ich das Ganze in Ruhe an. Es war ein unglaublich anstrengender Tag.

Du wirst mit all dem Alkohol im Blut garantiert nicht mehr irgendwo hinfahren, sagt Vera. Du bleibst hier und schläfst im Gästezimmer. Morgen schauen wir mal, ob du nicht wenigstens einige Sachen aus dem Haus holen kannst, und als Anwalt empfehle ich dir Dr. Rheinhausen, vor dem fürchten sich in München alle Ehemänner, und den kenne ich über Hilmar recht gut.

Hilmar, ihr Mann, hat sich bisher nicht blicken lassen und kommt nun wie auf ein Stichwort ins Wohnzimmer, legt mir zur Begrüßung die Hand auf die Schulter und sagt, du bleibst jetzt erst einmal bei uns. Ich habe doch schon immer geahnt, dass dieser Mann nicht ganz dicht ist. Lässt eine Frau wie Vera einfach gehen. Er lächelt sie an und küsst ihr, ganz Kavalier der alten Schule, die Hand. Der Rheinhausen, grinst er, ist ein ganz Gerissener. Bei dem bist du in guten Händen. Ich habe mir erlaubt, ihn anzurufen und es wäre ihm ein großes Vergnügen, dir bei deiner Scheidung als Anwalt zur Seite zu stehen. Hat schon seine Vorteile, bei den Rotariern zu sein.

So kommt es, dass ich an einem Tag Sean verlasse, von Bruno verbannt werde, mein Auto lädiert ist und ich einmal Hamburg und retour geflogen bin.

Für Vera, Hilmar und mich ist es keine Frage mehr, wir lassen Bruno mal machen. Ich sage noch Elke Bescheid, die sich natürlich Sorgen gemacht hat, füttere mein Handy mit leckerem Strom aus der Steckdose, damit es wieder seinen Dienst tut, und falle nach zwei Absackerschnäpsen betrunken in das superbequeme Gästebett von Vera.

Ordnung in Chaos zu bringen, ist eine meiner Stärken, und so haut mich meine neue Situation nicht aus den Latschen. Die Erleichterung überwiegt, denn immerhin hat mir Bruno ungewollt zur ersehnten Freiheit verholfen. Es ist schon paradox, denke ich mir, dass böse Gedachtes manchmal zu etwas Gutem führt.

Dr. Rheinhausen macht mir Mut. Durch den Ehevertrag, auf den Bruno damals bestanden hat und den ich ohne zu zögern unterschrieben habe, sind gegenseitige Ansprüche ausgeschlossen. Ich habe mein Geld, Bruno das seine und er hat mich in den guten Jahren meiner Ehe abgesichert, weil ich ja nicht mehr so viel arbeitete und er nicht wollte, dass ich durch die Ehe mit ihm schlechter gestellt würde. Dr. Rheinhausen meint, die Scheidung könne problemlos über die Bühne gehen, der Vertrag sei eindeutig, allerdings seiner Meinung nach an der Grenze zur Sittenwidrigkeit. Ich gestehe ihm, wie komplett egal mir das ist. Immerhin muss es so zu keinem Schaukampf der Anwälte kommen. Natürlich hat Bruno unser gemeinsames Konto gesperrt, das hätte ich an seiner Stelle auch getan, aber da er keinen Zugriff auf mein Vermögen hat, ist das nicht von Bedeutung. Er ärgert sich bestimmt maßlos, dass er mich mit der Scheidung nicht auch finanziell ruinieren kann und ich mein Vermögen auf seinen Rat hin so gut angelegt habe. Mit dem, was ich besitze und mit der Rente, die ich mal bekommen werde, kann ich mich problemlos über Wasser halten. Ich mache mir keine Sorgen.

Vera und ich tricksen sogar die neue Pflegerin aus, denn Vera kommt auf die Idee, ich solle mich als Putzfrau ausgeben, um ins Haus zu kommen. Das funktioniert hervorragend, und als ich drin bin, lasse ich auch Vera, die draußen wartet, herein. Ich packe in aller Seelenruhe meine Sachen zusammen, denn Vera geht einfach zu Bruno und lässt sich nicht abwimmeln, obwohl die arme Pflegerin ihr Bestes gibt. Hilmar trägt einen Koffer nach dem anderen zum Auto und ich suche mir noch schnell im Arbeitszimmer meine persönlichen Unterlagen zusammen, bevor wir zu dritt wieder abziehen. Es ist schon erstaunlich, wie leicht es mir fällt, alles zurückzulassen, was mir so viele Jahre lang am Herzen gelegen hat.

Als wir gehen, ist die arme Pflegerin in heller Aufregung und Bruno von einem erneuten Schlaganfall bedroht. Ich verspüre auch keinen unwiderstehlichen Drang, mich von Bruno zu verabschieden. Wozu auch, er hat eine eindeutige Entscheidung getroffen, damit kann ich gut leben. Soll er bleiben, wo der Pfeffer wächst. Ich habe keinen Funken Mitleid mehr mit ihm.

Vera und Hilmar bieten mir Unterkunft an, bis ich eine Wohnung gefunden habe. Aber das ist in München nicht so einfach. Ich bin mir auch noch nicht sicher, ob ich überhaupt dort bleiben will.

Ich niste mich lieber erst einmal bei Elke ein. Dort kann ich meine Wunden lecken und wieder Boden unter den Füßen gewinnen, mir überlegen, was ich nun mit meinem

Leben anfange. Sie ist froh, mich unter ihre Fittiche nehmen zu können.

Erst nachdem ich bei ihr sicher gelandet bin und ein wenig Abstand zu dem ganzen Kuddelmuddel gefunden habe, wage ich es wieder, an Sean zu denken.

Jetzt bin ich frei. Ich könnte ihn anrufen, aber ich schaffe es nicht. Erst einmal möchte ich wieder zu mir kommen. Ich fühle mich wie nach einer langen schweren Krankheit und bin noch nicht bereit, mich mit Sean auseinanderzusetzen. Erst jetzt wird für mich spürbar, wie viel Kraft mich die letzten Jahre gekostet haben und wie unbeschreiblich gut sich meine neue Freiheit anfühlt. Niemand mehr, der mich schikaniert und demütigt, beleidigt und beschimpft. Wie konnte ich das nur so lange aushalten? Jetzt kann ich tun und lassen, was ich will. Mit diesem neuen Zustand möchte ich erst einmal vertraut werden und ihn unbelastet von allem genießen. Trauer um das Ende meiner Ehe verspüre ich nicht, denn das, was man unter Trauerarbeit versteht, habe ich in den letzten Jahren schon geleistet. Es reicht.

Den restlichen Sommer verbringe ich bei Elke, vorwiegend im Garten, und komme wirklich wieder zu mir. Unsere Bank auf der Anhöhe meide ich bei meinen Spaziergängen. Was Sean angeht, so schiebe ich eine Entscheidung noch immer vor mir her. Schließlich haben sich die Umstände dramatisch verändert, und trotz meiner Sehnsucht nach ihm bin ich mir noch immer nicht sicher, ob ich wirklich mit ihm leben kann und will. Eines Tages packt mich die Neugier und ich fahre nach Unterleinbach zum Häuschen. Am

Briefkasten, der am Gartenzaun festgemacht ist, steht immer noch Hannes Kolmeister und nicht Sean McLoud.

Also hat er es doch nicht ernst gemeint mit dem gemeinsamen Zuhause. Fast hätte ich es ihm geglaubt. Nachdenklich fahre ich zurück und buche spontan eine Studienreise nach Norwegen. Bis zum Stichtag Mitte September werde ich wieder zurück sein.

Sean

Das war ein herber Schlag für mich. Da kaufe ich unser Häuschen und sie will nicht, macht sich einfach vom Acker. Ich war so wütend, so verletzt, so enttäuscht.

Mir war jegliche Lust vergangen, an dem Haus etwas zu machen, und so sagte ich Hannes, er könne erst einmal wohnen bleiben, bis er etwas anderes gefunden hätte.

Ich verkrümelte mich lieber zu Dad und lenkte mich mit Arbeit ab, weil das etwas ist, was mich am besten vor Selbstmitleid schützt. Abend für Abend fiel ich todmüde ins Bett und schlief so tief, dass ich nicht einmal mehr vom Ricarda träumte. Nachdem ich das Dach seines Bootsschuppens neu gedeckt, die kaputten Platten auf der Terrasse ausgetauscht und den Garten auf Vordermann gebracht hatte, nahm ich mir sein Boot vor, das seit Jahren unbenutzt im Schuppen steht.

Dann tingelte ich die Küste hinauf bis Wick, verbrachte einige Zeit in der Marina und traf mich mir alten Segelfreunden. Mit großem Hallo wurde ich begrüßt. Es war fast wie früher, aber ich hatte den Geschmack daran verloren. Der einsame Wolf lag mir nicht mehr. Ich wies die attraktive junge Seglerin, die die Koje mit mir teilen wollte, unter Aufbietung meines ganzen Charmes zurück. Eine andere Frau? Unmöglich. Ich dachte die ganze Zeit an Ricarda. Wie würde sie sich entscheiden? Wäre sie bereit, Bruno zu verlassen, um mit mir zu leben, oder würde ihre verfluchte

Loyalität sie dazu zwingen, bei ihm zu bleiben? Immer wieder sagte ich mir: Sie liebt mich, ich weiß es ganz bestimmt und sie wird es nicht aushalten, drei Monate keinen Kontakt zu mir zu haben. Aber sie meldete sich nicht.

Als die Zeit meines Aufenthaltes in der Wüste dem Ende entgegengeht, fahre ich kurz entschlossen nach Unterleinbach.

Egal, wie Ricarda sich entscheidet, ich habe mich auch entschieden. Das Häuschen wird mein Zuhause werden. Kaum angekommen, überwältigen mich die Erinnerungen an unsere Tage dort. Es wäre mir nicht möglich, jemals mit einer anderen Frau als mit Ricarda hier zu leben. Ich will es gemeinsam mit ihr einrichten, ich will hier mit ihr leben und sie lieben. Sie und sonst niemanden. Ich stelle mir vor, wie wir zusammen die Möbel aussuchen, höre unser Gekicher beim Kauf eines extragroßen Bettes. Als ich mir ausmale, wie es sein wird, wenn wir dieses Bett einweihen, vergeht mir jede Lust, auch nur einen Finger ohne sie in diesem Haus krumm zu machen. Zum Glück ist Hannes bei Isabell in Berlin und sucht sich dort eine Wohnung. So kann ich mich ganz und gar meinem Kummer hingeben. Seit drei Monaten keinen Ton von ihr. Ist diese Frau hart. Wer weiß, was in dieser Zeit alles passiert ist. Am Tag, nachdem die Frist verstrichen ist und sie sich nicht gemeldet hat, unternehme ich nach einer schlaflosen Nacht eine sentimentale Wanderung zu unserer Bank. Zum endgültigen Abschiednehmen. Dieses Mal breche ich nicht so früh auf und gehe ganz bewusst durch das Dorf, an Elkes Haus vorbei, den Berg hinauf. Ich hatte keine Ahnung von meinen selbstquälerischen Neigungen. Kurz vor der Biegung halte ich an. Soll ich mir das wirklich antun? Mich auf unsere Bank setzen und mir wieder unsere erste Begegnung vor Augen rufen? Am liebsten würde ich umkehren.

Mein Handy klingelt. Es ist Ricarda. Du, sagt sie, ich sitze auf unserer Bank und wünsche mir, du wärst da.

Mach die Augen zu und zähle bis zehn, rufe ich und renne los.

Die Gedichte

S. 15 aus Henry Wadsworth Longfellow: The Theologian's Tale, zuerst erschienen 1863 in der Gedichtsammlung „Tales of a Wayside Inn"

S. 16 Christian Friedrich Hebbel, Wir träumten voneinander, geschrieben 1843, zuerst veröffentlicht in „Vermischte Gedichte" 1857

S. 20 Erich Fried, Was es ist, aus dem 1983 erschienenen gleichnamigen Gedichtband

S. 30 Rainer Maria Rilke, aus „Die Weise von Liebe und Tod des Cornets Christoph Rilke", eine 1899 geschriebene Novelle, Erstdruck Prag 1904 / Leipzig 1906

S. 53 Dagmar Nick, geb. 1926, „Wie denn", aus dem Band „Fluchtlinien" erschienen 1978, Delp'sche Verlagsbuchhandlung, mit freundlicher Genehmigung der Autorin

S. 96 Erich Fried, vierte Strophe des Gedichts „Nur nicht", aus dem Gedichtband „Liebesgedichte"

Barbara Beekmann:

Auguste Luise

Erzählung, 88 Seiten

ISBN 978–3–947141–21–0

8,99 €

In der Mitte des 19. Jahrhunderts scheint das Schicksal der kleinen Auguste Luise, Tochter des Holzfällers Heiter aus dem thüringischen Möhrenbach, vorgezeichnet. Sie wird Magd, heiratet und arbeitet schwer, um ihre drei Kinder zu ernähren. Doch dann brennt das Gasthaus, in dem sie bedient, und ihr Mann wird als Jude beschimpft. Sie begegnet dem jungen Baron von Aschau und muss sich entscheiden.

Die Autorin erzählt ein Stück ihrer eigenen Familiengeschichte.

Christina Auerswald:

Die Mission des Stefano Cavallari

Historischer Roman, 364 Seiten

ISBN 978–3–947141–01–2

12,95 €

Was hat ein Gemälde im Anton-Ulrich-Museum in Braunschweig mit dem Auftrag eines Jesuiten zu tun? Warum trägt das Porträt einer jungen Polin, gemalt 1714, nicht ihren Namen?

Auf der Burg Sandomir an der Weichsel erwartet Katharina Tarnowska ihren Verlobten, der an einem politischen Aufstand beteiligt ist. Im Auftrag des Papstes besucht Stefano Cavallari, ein Jesuit, die Burg, und Katharina verlässt kurz nach ihm ihr Zuhause. Sie bleibt verschwunden.

Einen Monat später trifft ein Kölner Weinhändler ein. Er verliebt sich in das Porträt und will mit Hilfe von Katharinas Zofe versuchen, die beiden zu finden. Am Ende der Reisen nach Warschau, Tarnogród und Rom liegen die Antworten auf die Fragen, warum ihre Familie Katharinas Namen vom Bilderrahmen entfernen ließ, aber auch, warum man das, was jemand zwischen die Kapitel einer alten Bibel schreibt, nicht leichtfertig übergehen darf.

Brigitte Pfefferkorn:

Mit vollem Mund -

Esstischgeschichten

116 Seiten

ISBN 978-3-947141-05-0

9,99 €

Brigitte Pfefferkorn schildert Begebenheiten aus ihrer Kindheit und Jugend in Grüna bei Chemnitz, aus ihrer Zeit als Lehrerin in der DDR und aus ihrem Familienalltag. Ihre Beobachtungsgabe trifft auf einen warmherzigen und lebendigen Schreibstil - eine Freude, die Episoden zu lesen.

Brigitte Pfefferkorn ist promovierte Pädagogin, und gleichzeitig nichts weniger als oberlehrerhaft. Nach der Wende wandte sie sich der Psychotherapie zu und übernahm Lehraufträge im Bereich der Systemischen Therapie, Supervision und Beratung. "Mit vollem Mund" ist ihr erstes Prosawerk.

Abbildungsnachweis:

Umschlagfoto: istock.com/swkunst

Bibliografische Information der Deutschen Nationalbibliothek: Die Deutsche Nationalbibliothek verzeichnet diese Publikation in der Deutschen Nationalbibliografie; detaillierte bibliografische Daten sind im Internet über dnb.dnb.de abrufbar.

Gesamtherstellung: Oeverbos Verlag, Remagen
Umschlaggestaltung: NinaDesign, Nina Stephan

ISBN 978–3–947141–07–4